Bianca

EN LA CAMA DEL ITALIANO…
HEIDI RICE

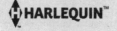

Editado por Harlequin Ibérica.
Una división de HarperCollins Ibérica, S.A.
Núñez de Balboa, 56
28001 Madrid

© 2017 Heidi Rice
© 2018 Harlequin Ibérica, una división de HarperCollins Ibérica, S.A.
En la cama del italiano…, n.º 2596 - 10.1.18
Título original: The Virgin's Shock Baby
Publicada originalmente por Mills & Boon®, Ltd., Londres.

I.S.B.N.: 978-84-9170-580-2
Depósito legal: M-31090-2017
Impresión en CPI (Barcelona)
Fecha impresion para Argentina: 9.7.18
Distribuidor exclusivo para España: LOGISTA
Distribuidores para México: CODIPLYRSA y Despacho Flores
Distribuidores para Argentina: Interior, DGP, S.A. Alvarado 2118.
Cap. Fed./Buenos Aires y Gran Buenos Aires, VACCARO HNOS.

Prólogo

DARIO de Rossi va a ser tu pareja en el baile del Westchester mañana por la noche. Tienes que aprovechar la situación para seducirlo.

–¿Cómo? ¿Por qué?

Megan Whittaker estaba segura de que la habían transportado a un universo paralelo, un universo paralelo de hacía doscientos años. O eso, o su padre había perdido la cabeza. Fuera como fuera, la exigencia que él acababa de hacerle desde el otro lado de su escritorio en las oficinas que Whittaker Enterprises tenía en Manhattan sin esbozar ni siquiera una ligera sonrisa no podía significar nada bueno. Su padre no parecía estar bromeando.

–Para salvar a Whittaker's de una muy posible desaparición –le espetó su padre–. No me mires con esos ojos de cachorrito abandonado, Megan –añadió–. ¿Acaso crees que te pediría algo así si existiera otra opción?

–Bueno, yo...

Megan deseaba creerlo, aunque sabía muy bien que el amor de su padre hacia su empresa siempre se había antepuesto al que sentía por sus hijas. Sin embargo, al contrario que su hermana, Katie, Megan lo comprendía. Se había pasado cuatro años esforzándose para liderar su propio departamento en Whittaker's y, por ello, no podía reprocharle a su padre la dedicación que tenía por la empresa que pertenecía a la familia desde hacía cinco generaciones.

Tampoco podía reprocharle una petición tan poco

propia de un padre para con su hija o de un jefe a su empleada. Sabía bien que, para tener éxito en los negocios, se tenía que sacrificar la vida personal y que las lealtades se ponían a prueba, pero aquello era... Ni siquiera era racional. ¿Qué razón podría haber para que ella tuviera que seducir a un hombre? Y mucho menos, a un hombre como De Rossi, un tiburón de las finanzas que había ido ascendiendo en los negocios durante los últimos diez años hasta convertirse en uno de los hombres más importantes.

Además, si su padre estaba buscando a una *femme fatale*, debía de saber con toda seguridad que Megan no era la mejor candidata para el puesto. Sencillamente, ni tenía la experiencia ni el temperamento necesarios. Siempre se había sentido más cómoda con ropa de trabajo y zapatos planos que con vestidos de cóctel y tacones de aguja. Le resultaba tedioso ir a los salones de belleza y, además, concentrarse en su aspecto le parecía una pérdida de tiempo y de dinero. Para ella, su intelecto y su ética de trabajo resultaban mucho más importantes. Después de los torpes encuentros que había tenido en la universidad, se había alegrado de descubrir que, por suerte, carecía de la libido voraz e indiscriminada de su madre. A sus veinticuatro años, se podía decir que, técnicamente, seguía siendo virgen. Prefería pasar su escaso tiempo libre viendo la televisión con una copa de buen vino que tratando de buscar pareja, en especial porque un uso sensato del vibrador podía ocuparse de sus necesidades sin incomodidad ni desilusión alguna.

—Alguien está comprando todas nuestras acciones —dijo su padre—. Estoy casi seguro de que es él. Y, si estoy en lo cierto, tenemos un problema muy serio. Estamos expuestos. Y eso significa que tenemos que hacer sacrificios por el bien de la compañía.

—Pero no comprendo cómo...

—No tienes que comprender nada. Lo que tienes que hacer es conseguir que te invite a su ático para que podamos descubrir que es él. Si pudieras descubrir a cuáles de nuestros accionistas tiene en el punto de mira, mejor aún. De ese modo podríamos albergar una pequeña esperanza de mantenerlo a raya hasta que yo pueda conseguir más capital de inversión.

—¿Esperas que lo seduzca para poder espiarle?

Megan trató de aclarar lo que deseaba su padre, aunque la situación resultaba muy evidente. Su padre tenía que estar desesperado para creer que ella podía llevar a cabo aquel plan con sus limitadas habilidades. Y eso solo podía significar que la empresa estaba en una grave situación financiera.

—Tienes el rostro y la figura de tu madre, Megan. Y no eres lesbiana... ¿O sí?

Ella se sonrojó inmediatamente.

—No, claro que no, pero...

—Entonces, ¿dónde está el problema? Estoy seguro de que debe de haber algo de esa zorra ninfómana en ti como para que sepas cómo seducir a ese canalla de De Rossi. Lo tienes en tu ADN. Lo único que tienes que hacer es encontrarlo.

Su padre estaba cada vez más exaltado. La amargura de su voz al mencionar a su madre provocó que a Megan se le hiciera un nudo en el estómago.

Su padre nunca hablaba de su madre. Nunca. Alexis Whittaker los abandonó a los tres poco después del nacimiento de Katie y murió hacía solo diez años cuando el Ferrari de su novio italiano se despeñó por un acantilado en Capri. Megan aún recordaba el pálido rostro de su padre cuando fue a darle la noticia al internado de Cornualles. La palidez reflejaba una dolorosa mezcla de pena, dolor y humillación. Megan también recordaba la misma sensación de vacío en el estómago.

Su madre había sido una mariposa de la vida social, hermosa, vistosa y arriesgada con su vida y con la de todos los que la rodeaban. Megan casi no la recordaba. Jamás había ido a visitar a sus hijas, por lo que el padre de las dos niñas las había mandado a St. Grey cuando tuvieron la edad suficiente.

La confusión por lo ocurrido se transformó en pánico cuando aparecieron fotos de Katie y de ella en Internet. Se habían visto obligadas a abandonar el único hogar que habían conocido para asistir al entierro de su madre y se habían visto perseguidas por los paparazzi, que ansiaban conseguir una imagen de las apenadas hermanas Whittaker. Ello dio paso a una serie de comentarios subidos de tono sobre las infidelidades de su madre por parte de algunas compañeras de internado. Para protegerlas, su padre las trasladó a un apartamento a diez manzanas del que él tenía en la Quinta Avenida de Nueva York, contrató a un ama de llaves y a un guardia de seguridad y las inscribió en un exclusivo colegio privado. Después, hizo el esfuerzo de visitarlas al menos una vez al mes. Poco a poco, la tormenta que se desató en los medios sobre las picantes aventuras de Alexis Whittaker y su temprana muerte fue aplacándose.

Desde el momento en el que Megan tuvo que abandonar St. Grey, se prometió dos cosas: protegería a su hermana de la sombra de su madre y se esforzaría al máximo para demostrarle a su padre que no se parecía en nada a la mujer que las había parido a ambas.

Pensaba que, hasta aquel momento, se había salido con la suya, al menos en lo que se refería al segundo de sus objetivos. Desgraciadamente, Katie parecía ser casi tan escandalosa en su comportamiento como su madre, a pesar de los esfuerzos de Megan por domar su rebelde temperamento.

Megan, por el contrario, se había esforzado mucho

en hacer feliz a su padre. Se había graduado en Ingeniería Informática con honores en Cambridge. Después, había realizado un máster en la facultad de Empresariales de Harvard y se había especializado en los negocios en la red. Para demostrar su valía, no solo a su padre, sino también a sus compañeros de Whittaker's, había rechazado el cargo que su padre le propuso y había decidido empezar desde abajo. Después de pasarse seis meses en el departamento de correos y mensajería, había solicitado una beca en el departamento de tecnología. Había tardado tres años en ascender, lo que le había costado mucho. Había terminado a cargo del departamento *E-commerce*, con tres personas a su cargo. Por fin, había demostrado de una vez por todas que el vergonzoso comportamiento de su madre no había dejado huella en la persona que ella era. Hasta aquel momento.

¿Cómo podía su padre pedirle que tratara de seducir a De Rossi? ¿Acaso esperaba que tuviera también relaciones sexuales con él?

–No puedo hacerlo –dijo.

–¿Y por qué diablos no puedes?

«Porque estoy tan lejos del ideal de belleza en una mujer de De Rossi como lo está Daisy de Jessica Rabbit».

–Porque sería poco ético por mi parte –consiguió decir, apartándose aquel pensamiento de la cabeza, que había surgido de la única vez que había visto a De Rossi en carne y hueso.

Ciertamente, había causado impresión en ella.

Había oído hablar de él, pero los comentarios no la habían preparado para la belleza del hombre que llegó al baile del Met con la supermodelo Giselle Monroe del brazo como si fuera su último accesorio de moda. La fuerza bruta de su poderoso cuerpo parecía contenerse a duras penas dentro del traje de diseño confeccionado especialmente para él. Cuando su padre la presentó, él la miró de arriba abajo. Su gélida mirada azul la turbó de un modo completamente visceral y provocó una cadena de minúsculas explosiones dentro de su ser.

Durante el resto de la velada, tuvo mucho cuidado de evitar a De Rossi porque, instintivamente, sabía que él no solo era moreno, alto y guapo, sino también extremadamente peligroso.

—No seas ingenua —replicó su padre con frialdad—. En los negocios no hay ética alguna. De Rossi ciertamente no la tiene, así que nosotros tampoco podemos permitírnoslo.

—Pero ¿cómo has conseguido persuadirle para que me lleve al baile? —quiso saber Megan, bastante desesperada también.

—Es un baile benéfico. Él paga una mesa. Tú vas a ser la representante de Whittaker's allí. Le he pedido que te acompañe como cortesía hacia mí. Es miembro de mi club.

Entonces, eso significaba que se trataba de una cita por pena. Eso ya era bastante mortificante en sí mismo, si no fuera porque el verdadero motivo de su padre era aún peor.

—La única debilidad que he podido descubrir en De Rossi son las mujeres hermosas —añadió su padre en tono pragmático, como si estuviera hablando de algo perfectamente sensato en vez de una locura—. En realidad, no es exactamente una debilidad. Al contrario de mí, él nunca ha cometido la estupidez de casarse con una y jamás está con una mujer más de unos cuantos meses. Sin embargo, según Annalise, que es la que está al tanto de estas tonterías, en estos momentos no tiene pareja —prosiguió. Annalise era su amante—. Y nunca está sin una mujer al lado durante mucho tiempo, lo que te da la oportunidad que necesitas. Estará al acecho y yo te he puesto en su camino. Lo único que tienes que hacer es captar su atención. Haz que te invite a su ático de Central Park y, cuando estés allí, podrás acceder a su ordenador y a sus archivos. Los ordenadores son tu fuerte, ¿no?

–Todo lo que tenga estará protegido por una contraseña –dijo ella tratando de ser práctica.

–Tengo las contraseñas.

–¿Cómo?

–Eso no importa. Lo importante es acceder a su ordenador antes de que las cambie, lo que significa actuar con rapidez y concisión.

¿Y convertirla a ella en una especie de Mata Hari? La idea resultaría risible si no fuera tan patética.

–No me puedes pedir que haga algo así –dijo Megan–. Si fuera tu hijo, no me lo pedirías...

Trató de apelar al sentido de la justicia de su padre. Él no era un mal hombre. Era justo y, a su manera, las quería mucho a Katie y a ella. Evidentemente, estaba tan estresado que había perdido por completo el sentido de la realidad. Tenía que estar sometido a una enorme presión si De Rossi estaba husmeando en la empresa.

Sabía lo suficiente sobre las prácticas empresariales de De Rossi por la prensa financiera para saber que, una vez que su conglomerado echaba el anzuelo en las acciones de una empresa, estaba acabada. Si de verdad estaba planeando una OPA hostil contra Whittaker's, tardaría solo unas semanas en reducirla a escombros. En un abrir y cerrar de ojos, el legado familiar quedaría destruido por el insaciable apetito de De Rossi por conseguir riqueza a cualquier precio. Sin embargo, la solución que planteaba su padre era desesperada e ilegal, por no decir que estaba destinada al fracaso. Tenía que hacérselo entender para encontrar otro modo.

–Si yo tuviera un hijo y De Rossi fuera homosexual, sería una opción también. Como ninguna de las dos cosas es posible, se trata de hablar por hablar.

Megan se sonrojó y sintió que se le hacía un nudo en el estómago. Iba a tener que mencionar lo evidente.

–Por el interés que se va a tomar en mí, daría lo mismo que fuera gay. Él sale con supermodelos.

«Y yo estoy muy lejos de ser una supermodelo».

Con su poco más de metro sesenta de estatura y las rotundas curvas que había heredado de su madre, Megan no tenía nada que ver con la esbelta y deslumbrante mujer que había hechizado a De Rossi en el baile del Met.

Su falta de atractivo siempre le había parecido una ventaja. No quería convertirse en el accesorio de belleza de nadie, y mucho menos en el de un hombre como De Rossi, del que sospechaba que era tan cruel con las mujeres como en sus acuerdos financieros.

–No te tengas en tan poca estima –le dijo su padre–. Tienes muchos de los encantos de tu madre y, si te empeñas, podrás atraerlo.

–Pero yo...

–Si no lo haces tú, solo se lo puedo pedir a otra persona.

Megan sintió que el pánico remitía por fin. Gracias a Dios, tenía otra mujer a la que pedirle aquello.

–¿A quién?

–A tu hermana, Katie.

El pánico volvió a apoderarse de ella en un segundo.

–Pero Katie solo tiene diecinueve años –gritó, escandalizada–. Y aún no ha terminado sus estudios de Arte.

Después de muchas expulsiones y de enfrentamientos con la autoridad de su padre, Katie, por fin, había encontrado su pasión. No le importaba un comino Whittaker's.

–Unos estudios que yo le pago –afirmó su padre con frialdad.

Katie y su padre habían tenido innumerables enfrentamientos a lo largo de los años, desde que las hermanas se mudaron a Nueva York tras la muerte de su madre. Megan había tardado muchos meses en convencer a su padre de que pagara la exclusiva academia, que le ofrecía a Katie una beca que financiaba solo la mitad de sus estudios allí. Megan jamás le había contado a su hermana que su padre pagaba la mitad de sus gastos y no sabía cómo reaccionaría si se enterara. De igual modo, dudaba que Katie se tomara bien que su padre estuviera dispuesto a cerrar el grifo de sus sueños para salvar a Whittaker's.

—Tu hermana es igual que tu madre. Con el incentivo adecuado, creo que los dos sabemos que pasaría esta prueba con nota.

Megan no estaba tan segura. La destrozaría. Katie, efectivamente, era todo lo contrario a la cautelosa y centrada Megan, pero, a pesar de ello, resultaba muy fácil hacerle daño. Katie se quedaría escandalizada de que su padre hubiera sido capaz de pedirles algo así a las dos. El peor enemigo de Katie era normalmente ella misma. Era volátil e imprevisible, especialmente si se sentía herida, tanto que Megan no tenía ni idea de qué haría si su padre la obligaba a hacer algo así. Podría ser que tuviera una apasionada aventura con De Rossi o que lo enojara tanto que él destruyera Whittaker solo por puro placer. Poner a alguien tan apasionado como Katie en el camino de un hombre tan cruel como De Rossi supondría un choque de proporciones épicas en el que Katie saldría muy mal parada.

—La única razón por la que no se lo he pedido ya es porque no sabe nada de ordenadores —dijo su padre—. Además, a De Rossi, según Annalise, le gustan las mujeres un poco más maduras. Tú tienes más posibilidades. Sin embargo, si no me dejas opción, tendré que explicarle a tu hermana que, si quiere seguir en su escuela de arte, tendrá que...

—Está bien. Lo haré —le interrumpió Megan antes de

que su padre pudiera expresar lo impensable–. Haré todo lo que pueda.

Aunque no tuviera muchas posibilidades de éxito, su orgullo y su ética eran un precio muy pequeño para ahorrarle a su hermana una desilusión... y salvar a Whittaker's de la desaparición total.

–Buena chica, Megan. Mañana tómate el día libre. Annalise te acompañará a elegir un vestido para la ocasión y te llevará al salón de belleza para que te preparen adecuadamente.

–De acuerdo...

Se sentía abrumada por la enormidad de lo que acababa de aceptar hacer y de lo mal preparada que estaba para el desafío. El estilo y la sensualidad de Annalise siempre habían intimidado a Megan.

–No me desilusiones. Whittaker's depende de ti –concluyó su padre mientras le indicaba que se marchara antes de centrarse de nuevo en los papeles que tenía sobre el escritorio.

–Lo sé... Lo intentaré –murmuró Megan, tratando de transmitir seguridad.

Sin embargo, mientras regresaba a su pequeño despacho en el décimo piso del edificio, la presión le pesaba en el vientre como un ladrillo. Un ladrillo caliente que iba extendiendo poco a poco su calor por todo su cuerpo.

No sentía seguridad alguna. Se sentía como si estuviera a punto de ofrecerse en sacrificio, de ofrecerse al lobo con la única protección de un vestido de diseño, unos zapatos de tacón y una carísima sesión en el salón de belleza.

Capítulo 1

DE NINGUNA manera, Katie. Cuando llegue aquí, tienes que quedarte en tu habitación.

La mano de Megan temblaba cuando tomó uno de los pendientes de diamantes que Annalise le había prestado para que los conjuntara con el elegante vestido largo de raso azul. A la amante de su padre le había costado una eternidad elegirlo durante una interminable tarde de compras. Se lo puso y sintió un ligero dolor al colocárselo en el agujero dado que casi nunca utilizaba pendientes. Aquella sensación aceleró aún más los rápidos latidos del corazón de Megan. Respiró profundamente y tomó el otro pendiente. Tenía que tranquilizar la respiración porque, si no lo hacía, iba a desmayarse antes de que llegara De Rossi.

–Pero quiero conocerlo para asegurarme de que no se aprovecha de ti –insistió Katie–. Es rico, arrogante y demasiado guapo. Tú no tienes ninguna experiencia con un hombre como él. ¿Viste la foto de portada en esa aburrida revista de finanzas que compras? Está como un tren incluso con uno de esos trajes tan encorsetados.

Sí, por supuesto que Megan había visto aquella revista. Había leído varias veces la entrevista para conseguir temas de conversación con él. Sin embargo, lo único que había conseguido aquel artículo, ilustrado con tantas fotos de él con aspecto fuerte, musculado e indómito, era acrecentar su pánico.

–¿Y si intenta seducirte? –añadió Katie. Su insistencia estaba empezando a sacar a Megan de quicio.

De Rossi debía llegar en menos de cinco minutos y la errónea interpretación que Katie estaba realizando de la situación era lo último que Megan necesitaba. Sin embargo, jamás le diría la verdad a su hermana. Le ocultaría que lo único que se interponía entre ellos y la ruina económica era aquella misión en la que Megan debía seducir a De Rossi y no al revés. Si le contaba la verdad, solo conseguiría que Katie se preocupara aún más y Megan ya estaba lo suficientemente preocupada por ambas. Se había pasado la mayor parte de su vida protegiendo a Katie, desde el día en el que las dos estaban junto a la tumba de su madre y Megan estrechaba entre sus brazos a su hermanita de nueve años, que no paraba de llorar por una mujer que las había abandonado a ambas.

No iba a dejar de protegerla nunca, aunque, en ocasiones como aquella, escudarla de las realidades de la vida resultara agotador.

–No me puedo creer que ni siquiera vayas a presentármelo –insistió Katie en su siguiente ofensiva–. Lo único que quiero es asegurarme de que sabe que tiene que tener cuidado contigo –añadió con determinación y desafío–. Al menos, prométeme que no permitirás que te lleve al nido de amor que tiene en Central Park.

–¿Al qué has dicho? –le preguntó Megan. Se habría reído de aquella expresión si no hubiera estado tan nerviosa.

–No me mires así –contestó Katie con frustración–. Así lo llamaba en el artículo de Giselle Monroe en el *Post*. ¿Acaso no lo has leído?

–No y tú tampoco deberías haberlo hecho. Solo son chismes –replicó ella. Lo último que necesitaba era leer el relato que la modelo hacía sobre las proezas sexuales de De Rossi con lo nerviosa que estaba.

–Según Giselle, ese tipo es insaciable en la cama. Puede hacer que una mujer...

–¡Katie, por el amor de Dios! ¡Cállate! –le gritó dándose la vuelta sobre el taburete–. No lo he leído porque no me hacía falta. Esto no es una cita de verdad. Papá le ha pedido que sea mi pareja. Puede que ni se presente...

Eso no era cierto. Ella era la única esperanza de Whittaker's. Había prometido hacerlo, a pesar de que las contraseñas que llevaba apuntadas en el bolso estuvieran haciéndole un agujero en la conciencia.

El sonido del timbre las sobresaltó a ambas.

–Que no se iba a presentar, ¿eh? –dijo Katie con aspecto triunfante.

Megan susurró una maldición y se puso en pie para mirarse en el espejo. El vestido era elegante y sencillo, aunque lo suficientemente ceñido como para resaltar sus curvas sin hacer que resultaran demasiado evidentes. Al menos, eso era lo que Annalise le había explicado.

Unos cristales tallados relucían en los finos tirantes que sostenían el cuerpo del vestido, que lucía un escote lo suficientemente generoso como para atraer la atención, pero sin provocarle a Megan un ataque de ansiedad. Aún. Un echarpe de piel sintética para contener el fresco de aquella noche de finales de abril, unos tacones de diez centímetros, un elaborado recogido con el que contener su cabello, una sesión de belleza y maquillaje de quinientos dólares y los delicados pendientes largos de diamantes completaban su atuendo. Annalise le había asegurado que el conjunto sugería sofisticación y propósito en vez de pánico y desesperación.

Megan no estaba tan segura.

Oyó que Lydia Brady, el ama de llaves, abría la puerta principal del apartamento. Entonces, escuchó el murmullo de una profunda voz masculina. La ansiedad se apoderó de ella y agarró a su hermana por las muñecas.

–Quédate aquí, Katie. Te lo advierto. Esto ya va a ser bastante humillante sin que te presentes tú para hacerme sentir peor

Katie se soltó inmediatamente. La chispa del desafío apareció en su mirada por primera vez en horas.

–¿Y por qué iba a resultar humillante?

–Porque yo no soy su tipo y él solo me va a acompañar para hacerle un favor a papá.

«Y papá espera que lo seduzca de algún modo y que luego cometa un delito para salvar a Whittaker's».

–¿Qué quieres decir con que no eres su tipo? –le preguntó Katie mirándola de arriba abajo. La apreciación que Megan vio en sus ojos verdes le aceleró aún más los latidos del corazón–. Estás bellísima. Te pareces mucho a mamá. Ojalá yo tuviera alguna de tus curvas –añadió mientras la abrazaba cariñosamente durante unos segundos–. Se le van a salir los ojos de las órbitas al verte, tontina –le susurró al oído antes de retirarse.

Megan se sintió muy reconfortada. Aunque a veces era un poco pesada, Katie era la mayor animadora de Megan y también su mejor amiga.

–Y precisamente por ello, me necesitas para que no se haga ilusiones –añadió Katie–. ¿Estás absolutamente segura de que no quieres que lo amenace con mis conocimientos de *kick-boxing*?

–Dejaste lo del *kick-boxing* después de dos clases –le recordó Megan.

–¿Y si le amenazara con matarle a fuerza de macramé? –bromeó Katie–. Hice un trabajo de macramé espectacular para una de mis clases.

La carcajada que se le escapó de los labios fue en parte por gratitud y en parte por histeria. Ocurriera lo que ocurriera con De Rossi, su vida iba a cambiar irrevocablemente después de aquella noche porque, o estaría en su cama o en una cárcel. La pequeña broma de su hermana la ayudó a poner los pies en el suelo y a confirmar lo que ya sabía: que merecía la pena tener que echarse en brazos de De Rossi aquella noche solo por proteger a Katie y a Whittaker's. Lo único que tenía que hacer era averiguar cómo hacerlo sin tener una crisis nerviosa.

Lydia Brady entró en el dormitorio.

–El señor De Rossi ha llegado, Megan –dijo la mujer con una sonrisa–. Estás bellísima, cielo.

–Gracias, Lydia.

Los nervios se apoderaron por completo de ella. El nudo que sentía en el estómago se le apretó aún más. Soltó las manos de su hermana y se dirigió hacia la puerta, con la expresión que había estado practicando durante horas frente al espejo la noche anterior. Cortés, segura de sí misma y, ojalá, un poco seductora.

Los tacones de los zapatos resonaron sobre el mármol del suelo mientras avanzaba por el pasillo. Cuando giró para entrar en el espacioso recibidor del apartamento, contuvo la respiración y sintió que se le doblaban las rodillas.

Dario de Rossi estaba ocupado ajustándose los puños. Cuando levantó la mirada, sus ojos azules se centraron en el rostro de Megan. Ella sintió el chisporroteo de la corriente eléctrica por todo el cuerpo.

Estaba increíble con aquel esmoquin. Alto y corpulento, su poderoso cuerpo resultaba aún más intimidante con el traje oscuro hecho a medida, que parecía enfatizar aún más la anchura de los hombros, la esbeltez de la cintura y la longitud de las piernas.

¿Cuánto mediría? Al menos unos siete centímetros más que su padre, que medía un metro ochenta.

Megan respiró profundamente y se obligó a seguir andando. Agradeció que el echarpe le cubriera el escote cuando la mirada de él la recorrió de arriba abajo, provocándole una oleada de calor por todo el cuerpo.

–*Buonasera*, Megan.

Hablaba inglés perfectamente, tan solo con un ligero acento italiano. A Megan le resultó muy íntimo que él la saludara en su idioma nativo. El modo en el que la voz parecía deslizársele sobre la ya sensible piel no resultaba tan perturbador como el oscuro reflejo del hambre que se le reflejó a De Rossi en los ojos cuando Megan llegó a su lado.

–*Buonasera* –dijo ella contestándole automáticamente en italiano.

De Rossi le tomó la mano y se la llevó a los labios, sorprendiéndola. El gesto debería haber sido cortés, incluso galante, pero por el modo en el que el pulgar se le deslizó por la palma de la mano no fue así. Las sensaciones subieron por el brazo de Megan, llegándole incluso hasta el torso. Se zafó de él inmediatamente, escandalizada por su reacción.

De Rossi comenzó a mirarle el cabello.

–¿El color es natural? –le preguntó.

–Sí –respondió ella desconcertada por la aprobación que había notado en los ojos de él.

De Rossi sonrió. El gesto resultó muy intimidante, como si lo hubiera esbozado una pantera que estuviera jugando con su presa.

–Espero no haberte ofendido –dijo él, aunque la intimidad de su mirada contradecía su disculpa. Luego le miró los pies y volvió a subir de nuevo, provocando una sensación parecida a la de un seísmo en la piel de Megan y prendiendo cada poro de su piel–. Relájate, *cara mia*...

Un repentino rubor cubrió el rostro de Megan. ¿Acaso se estaba burlando de ella? Se miró las manos y se obligó a agarrar con menos fuerza el bolso que llevaba entre los dedos. Annalise le había dicho que tener el aspecto de un cordero al que llevan al matadero no atraería a ningún hombre.

«Respira. Acuérdate de respirar. Respirar es bueno».

Sin embargo, cuando levantó la cabeza, él la estaba mirando de nuevo de aquella manera tan penetrante, como si pudiera ver a través de ella.

–Lo siento. Estoy cansada –murmuró–. He tenido un día muy ajetreado.

¿Sería posible resultar más aburrida? ¿Dónde estaba la chispeante conversación sobre los negocios de De Rossi en la que llevaba horas trabajando?

–¿Haciendo qué?

–Principalmente, comprándome este vestido y yendo a que me peinaran y me hicieran las uñas y todo lo demás –replicó ella sinceramente. Hasta aquel día, no había sabido que recorrer las boutiques del Upper East Side y pasarse horas en un salón de belleza resultara más agotador que subir el Kilimanjaro.

–Vaya... –comentó él.

El seco tono de la voz de De Rossi hizo que Megan se diera cuenta de que había sonado como si ella fuera una mimada debutante en sociedad que buscara un cumplido. La humillación se apoderó de ella.

Por los artículos que había devorado sobre él en las últimas veinticuatro horas, sabía que había nacido en uno de los peores barrios de Roma. Él tenía que saber muy bien lo que era el verdadero agotamiento. No se sabía mucho más sobre sus orígenes, dado que todo eran pinceladas, porque era algo de lo que él se negaba a hablar con la prensa. Sin embargo, ese simple retazo de su vida solo conseguía intimidarla más. Se imaginaba muy bien lo mucho que él se habría esforzado por escapar de sus orígenes y lo mucho que pelearía para conservar lo que ya tenía. Y lo que aún deseaba conseguir.

La piel le ardía y los pezones se le irguieron cuando cruzó la mirada con la de él. El color azul no era tan frío como lo recordaba de la primera vez que se vieron.

–Tiempo y dinero bien gastados –comentó él haciendo que ella se sonrojara aún más.

De repente, para asombro de Megan, De Rossi le colocó un dedo debajo de la barbilla. El suave roce de los nudillos fue como una descarga eléctrica que le llegó hasta lo más íntimo de su ser. Megan se tensó, atónita por la enormidad de su respuesta ante un gesto tan sencillo. Se contuvo para no apartar el rostro, para someterse a aquella caricia a pesar de ser consciente de la fiereza del rubor que le cubría las mejillas.

¿Qué estaba pasando allí? El gesto de De Rossi había cambiado. ¿Por qué la observaba con tanta intensidad?

Él deslizó el pulgar sobre el labio inferior de la boca de Megan.

–Eres muy hermosa de un modo único –dijo–. Especialmente el cabello

Parecía sincero. ¿Por qué aquel comentario hacía que la noche fuera aún más aterradora?

Megan forzó una sonrisa, tratando desesperadamente de fingir que no estaba ardiendo por dentro. Sin embargo, no pudo contener un movimiento involuntario de la lengua para humedecerse los labios, que se le habían secado por la tensión. De Rossi pasó entonces a observarle la boca. A Megan se le escapó un suspiro al ver el deseo que se reflejaba en los ojos de él.

–El color me recuerda al de una llama viva –susurró–. Me pregunto si eres tan ardiente en la cama...

El calor que le recorría a Megan el cuerpo se le asentó entre las piernas al escuchar un comentario tan descaradamente sexual. Debería replicar de algún modo provocativo... Sin embargo, no se sentía en absoluto provocadora, sino más bien atónita. Y, a su pesar, excitada. También completamente fuera de lugar. Tan pronto.

Dario de Rossi la deseaba. A pesar de que eso debería haber sido una buena noticia, Megan no sentía que la dinámica de poder estuviera a su favor. Si fuera así, los muslos no le estarían temblando del modo en el que lo estaban haciendo. Trató de encontrar algo que decir, algo que no le indicara lo poco experimentada que era.

Annalise le había dicho muy claramente que a De Rossi no le resultaría atractiva su torpeza en aquel terreno.

«Piensa, Megan, piensa. ¿Qué haría Mata Hari?».

–Eso solo lo sé yo –consiguió decir por fin, permitiendo que el deseo que su cuerpo no parecía poder controlar se reflejara por fin en la voz–. Y tú, si te atrevieras a descubrirlo...

–No hay muchas cosas a las que yo no me atreviera, *cara*...

Dejó caer la mano, Megan no pudo contener un pequeño suspiro de alivio.

Aquel era un juego muy peligroso, pero no tenía elección. Tenía que proseguir, fingir que era mucho más experta y mundana de lo que en realidad era.

De Rossi extendió la mano hacia la puerta y sonrió. Aquellos labios tan sensuales eran como un imán para la atención de Megan.

–Vayamos al baile, Cenicienta.

Ella soltó una carcajada muy forzada y echó a andar. Al sentir la mano de De Rossi en la parte inferior de la espalda, se tensó. La sensación le llegaba hasta el trasero, pero siguió andando, comportándose como si aquella mano no la abrasara a través de la ropa.

El breve trayecto en ascensor fue una tortura. Aquella ligera caricia la estaba volviendo loca. De Rossi mantuvo allí la mano todo el tiempo, guiándola donde él quería que fuera e impidiéndola que se alejara más de lo necesario con el más sutil de los gestos. A pesar de todo, el calor fue creciendo.

Mientras salían por la puerta del edificio, que el portero

les mantuvo abierta, sentía que tenía los nervios a punto de estallar. La presión era tan ligera que resultaba una tortura no estirarse contra su cálido tacto. En su cuerpo se libraba una batalla. No sabía si quitarse los zapatos y salir corriendo para huir de él o dejarse llevar por un impulso más primitivo y elemental, que la empujaba a pegarse a él y dejar que el calor de su cuerpo la cubriera por todas partes.

El fresco de la noche se le enredó en el cabello, haciendo que los ligeros mechones que la peluquera había dejado tan cuidadosamente fuera del recogido le rozaran delicadamente el cuello. Se echó a temblar. La piel de esa zona ya estaba muy sensibilizada por el peso de la ardiente mirada de él desde atrás.

La elegante limusina negra estaba aparcada junto a la acera. El chófer ya los estaba esperando. Abrió la puerta y se tocó levemente la gorra al tiempo que dedicaba a Megan una cortés sonrisa.

Ella se metió en el coche, sin poder evitar que la abertura del vestido se abriera al máximo y dejara al descubierto el muslo hasta casi la cadera. Oyó que él contenía la respiración y tuvo que armarse de valor para no escapar por el otro lado del vehículo.

«Es insaciable en la cama».

«¿Y si intenta seducirte?».

Recordó los comentarios de Katie justo cuando De Rossi se sentó a su lado. Sus anchos hombros ocupaban todo el espacio disponible haciendo que el espacioso interior resultara casi claustrofóbico.

De Rossi se inclinó hacia ella para agarrar el cinturón de seguridad. Al notar que el rostro de él estaba a pocos centímetros del de ella, Megan se apartó. De Rossi lo notó, la miró a los ojos y sonrió. Entonces, se abrochó el cinturón y rozó suavemente la cadera de Megan con los nudillos.

–¿Por qué estás tan nerviosa, Megan?

–Solo un poco, señor De Rossi –contestó ella a duras penas. Entonces, miró a su alrededor para encontrar una excusa plausible. Debería estar flirteando con él, hacerle pensar que estaba disponible para una aventura y no temblando como si estuviera de pie sobre la cuerda floja–. Por el baile. No quiero defraudar a mi padre ni a mi empresa. Es la primera vez que los represento en un evento tan prestigioso.

Eso era cierto. En circunstancias normales, solo esa responsabilidad sería razón suficiente para que ella estuviera nerviosa.

De Rossi le colocó una mano sobre la pierna y le apretó suavemente la rodilla, tocándola de nuevo de ese modo en el que conseguía que Megan se sintiera como propiedad suya.

–Me llamo Dario –dijo él. Apretó la mandíbula. Megan notó cómo el músculo vibraba y se tensaba. ¿Sería posible que estuviera afectando a De Rossi tanto como él la estaba afectando a ella? Aquella posibilidad la excitó de un modo muy visceral, pero la turbó aún más. La posibilidad de estar jugando con De Rossi a su propio juego le resultaba casi tan aterradora como las endorfinas que la recorrían desbocadamente por primera vez en su vida–. Tenemos una cita, ¿recuerdas? –murmuró.

–Gracias por acceder a acompañarme –dijo ella recordando por fin sus buenos modales–. Ha sido muy amable de tu parte.

–¿Amable? –comentó él sorprendido por la sugerencia–. No hay muchas mujeres que me hayan acusado de eso.

Megan se lo imaginaba muy bien.

–Mi padre te está muy agradecido por hacernos el favor...

–No hay nada que agradecer –replicó él–. Yo solo hago favores cuando espero algo a cambio.

–¿Y qué esperas de mí? –preguntó ella. Entonces, con un segundo de retraso, comprendió lo sugerente que había sonado–. No quería decir... yo solo... –tartamudeó.

–No espero nada de ti, Megan –la interrumpió él–. Lo he hecho como un favor hacia tu padre.

Aquellos maravillosos ojos azules la estudiaron atentamente. Lo que parecían saber la enervó aún más. Sintió una extraña sensación por la espalda y, de repente, le costó respirar. ¿Acaso sabía la verdadera razón de su padre para pedirle que la acompañara al baile aquella noche? ¿Estaba destinada aquella farsa al fracaso desde antes de empezar?

–No tengas ese aspecto tan aterrorizado, *cara* –dijo él mientras Megan trataba de controlar sus rasgos para no revelar la razón de su miedo–. Prometo no morderte, a menos que tú quieras –añadió.

Tocó el botón del intercomunicador para decirle al chófer que arrancara. Mientras el coche se alejaba de la acera, Megan sintió una miríada de pinchazos en la piel mientras se imaginaba aquellos dientes tan blancos mordiéndola en los lugares más sensibles.

Forzó una sonrisa e intentó sacudir la niebla de sensualidad que parecía haberse apoderado de ella sin esfuerzo alguno. Aquella iba a ser la noche más larga de su vida. La reacción física que había tenido hacia él había sido demasiado intensa, demasiado abrumadora. ¿Cómo se suponía que podría sobrevivir una noche en compañía de Dario de Rossi sin revelarle todos y cada uno de sus secretos?

Capítulo 2

DARIO de Rossi vio cómo su acompañante salía por fin del tocador. Era la tercera vez en una hora que Megan lo abandonaba para ir al aseo y, tal y como ella misma había dicho, retocarse.

Megan no necesitaba retoque alguno, aunque prácticamente él no había podido contemplar su rostro desde que llegaron al baile. Cuando no estaba en el tocador, estaba enzarzada en la más banal de las conversaciones con todo el mundo menos con él. Sin embargo, su risa conseguía siempre que él tuviera el pulso en estado de alerta.

Megan no era lo que se había esperado.

Por supuesto, en el momento en el que Lloyd Whittaker se había acercado a él en el club el día anterior para pedirle que acompañara a su hija al baile, Dario se dio cuenta de que aquella petición era uno de los últimos intentos de Whittaker por salvar su empresa. El muy necio se había dado cuenta por fin de quién era quien le estaba comprando las acciones y, probablemente, había pensado que ofrecerle su hija podría aliviar el golpe. No sería la primera vez que un rival en los negocios había creído que podría manipular a Dario a través de su disfrute del sexo opuesto o se había tragado toda la basura que se publicaba sobre él en la prensa sensacionalista. En ese sentido, el reciente artículo de Giselle en el *Post* no le había ayudado en lo más mínimo.

Ciertamente, no sería la primera vez que un hombre poderoso había utilizado y degradado a una mujer a la que se suponía que debía amar y proteger.

El brutal recuerdo le hizo retorcerse por dentro. Tomó un sorbo de la botella de cerveza italiana que los anfitriones del baile habían importado especialmente para él y esperó a que pasara aquella sensación mientras observaba cómo Megan Whittaker se acercaba a él.

Se dio cuenta de que ella había tomado la ruta más larga a través de los asistentes y que se paraba para hablar con algunos de los conocidos de su padre. Dario observó apretando el puño dentro del bolsillo del pantalón que a todos ellos aparentemente les parecía bien mirarle el escote.

El vestido, y un escote que dejaba poco a la imaginación, lo había dejado sin aliento cuando la vio avanzar por el pasillo de su apartamento. Lo mismo había ocurrido cuando ella entró en la limusina y se sentó, dejando al descubierto un muslo tonificado y bronceado.

Se tomó lo que le quedaba de la cerveza y dejó la botella vacía en la bandeja de un camarero que pasó por su lado. Entonces, decidió que Megan ya llevaba demasiado tiempo separada de él.

Solo había accedido a aquella cita por curiosidad, porque estaba aburrido. Había querido ver qué locura se le había ocurrido a Whittaker. Recordaba a su hija de un evento al que acudió con Giselle hacía poco más de un mes. Lo más extraño era que recordaba de ella sus ojos, de un verde intenso, unos ojos que le habían cautivado, aunque tan solo durante un instante, que fue lo que ella tardó en agachar la cabeza. Ella lo había estado evitando el resto de la velada. Por ello, le había resultado muy divertido que Whittaker hubiera decidido ponerla en su camino aquella noche. ¿Para hacer qué exactamente? ¿Para convencerle de que dejara estar a la empresa que su padre llevaba años arruinando?

La idea era tan descabellada que se había convencido de que no podía ser verdad. Que una mujer tan poco experimentada fuera utilizada con tales propósitos parecía una locura incluso para alguien como Whittaker, pero había decidido dejarse llevar, principalmente para divertirse. No tenía pareja para el baile, Megan Whittaker le intrigaba y, así, además tendría la oportunidad de demostrar que no era el bárbaro que seguramente su padre creía que era. Se sabía perfectamente capaz de resistir los encantos de cualquier mujer, aunque no hubiera tenido una en su cama desde hacía más de un mes.

Entonces, Megan le había sorprendido. Incluso se podía decir que lo había dejado atónito y eso no le gustaba en absoluto. Era nerviosa y bastante torpe con los hombres, pero además de todo aquello, había una respuesta física hacia él que era tan intensa y evidente que lo había cautivado más de lo que hubiera creído posible.

Eso no le gustaba. No había esperado sentir deseo hacia ella, o al menos hasta aquel punto. En aquellos momentos, tenía que decidir lo que hacer al respecto.

Si Whittaker la había enviado con el objetivo de seducirle, no pensaba aprovecharse de eso. Sin embargo, si la reacción que Megan había tenido hacia él era genuina, ¿por qué no podían disfrutar el uno del otro durante una noche? Era imposible que Megan tuviera tan poca experiencia. Tenía veinticuatro años, había viajado por todo el mundo y, según su amigo Jared Caine, dueño de Caine Securities, al que había encargado que la investigara, ella había salido con chicos en la universidad. Sin embargo, había sentido el modo en el que se tensaba bajo su mano, cuando él se la colocó en la espalda al salir del apartamento... como una gata desesperada por una caricia.

No parecía una amante muy dotada, pero aquella respuesta instintiva a un simple contacto sugería una rara química. ¿Y si, como el maravilloso color de su cabello, ella era salvaje y vibrante en la cama?

Dario no había tenido una reacción tan básica hacia una mujer desde hacía años, podría ser incluso que nunca. Le gustaba el sexo y se le daba bien, pero había algo en Megan que le desgarraba por dentro y que ahogaba su autocontrol, una sensación que le estaba resultando muy difícil de ignorar.

Había notado su nerviosismo en el coche y, por ello, le había dado espacio al llegar al baile. Evidentemente, había sido un error. Lo único que estaba consiguiendo era sentir cada vez más frustración. Ciertamente no había esperado que ella lo evitara toda la noche. Entonces, mientras Megan charlaba con Garson Charters, un juez de cierta edad que parecía estar tan atraído por su escote como el resto de los hombres con los que había hablado, Dario comprendió por fin a qué se debían los frecuentes viajes al tocador. Megan le tenía miedo y no era de extrañar si su padre le había pedido que lo sedujera.

El astuto canalla probablemente esperaba que ella le sacara información sobre sus negocios. En ese caso, tenía dos opciones: podía llevarla a su casa al final del baile o jugar con el fuego que había entre ellos a pesar de los motivos con los que le hubiera enviado su padre. Fuera como fuera, echarse atrás no era una opción. Aquello iba en contra de sus instintos, tanto los naturales como los que no lo eran tanto.

Oyó que la orquesta comenzaba a tocar un vals y se abrió paso entre los invitados para dirigirse hacia el lugar donde estaba Megan.

Al ver que Dario se acercaba, ella bajó la cabeza inmediatamente. Sin embargo, él tuvo oportunidad de comprobar el deseo que se reflejaba en su rostro. El apetito que sentía hacia él era tan real como el de Dario.

Ella le dijo algo al juez, quien aún tenía la mirada prendida en su escote, y comenzó a andar hacia atrás, en dirección al tocador.

Dario la alcanzó con unos pocos pasos, le enlazó la cintura y la obligó a detenerse.

—No tan rápido, *cara*. ¿Adónde vas?

El rubor que cubría las mejillas de Megan se profundizó aún más y ella abrió los ojos como si fuera un cervatillo asustado.

—Hola, Dario –dijo con un hilo de voz–. Creo que me he dejado algo en el tocador.

—¿El qué?

Megan se mordió el labio inferior durante menos de un segundo, pero aquel gesto subió varios grados la temperatura de la entrepierna de Dario.

—Bueno... mi... mi...

—Sea lo que sea, podrá esperar en el tocador hasta que acabe este baile –dijo él. Entonces, entrelazó los dedos con los de ella y echó a andar hacia la pista de baile, que estaba en la sala adyacente.

Ella lo siguió de mala gana

—¿Qué baile? –preguntó con un hilo de voz.

Dario la llevó hasta la pista y la colocó entre el resto de los que se habían decidido a bailar. Le levantó un brazo y luego le colocó la mano en la cintura.

—Este baile.

Megan siguió sus pasos instintivamente. Dario le apretó suavemente la cintura y la guio sin esfuerzo alguno mientras la estrechaba un poco más entre sus brazos.

—Ponme la mano en el hombro, Megan –le ordenó, estrechándola aún un poco más, hasta que todo el cuerpo de ella estuvo unido al de él desde la cadera hasta el hombro. Aquellos impresionantes senos se levantaron contra su torso.

Ella hizo lo que le había pedido. Dario tragó saliva para contener su deseo y esperó que la entrepierna se comportara adecuadamente, al menos hasta que estuvieran lejos de la pista de baile y él pudiera llevarla a algún sitio más íntimo. Había tomado su decisión.

Iba a jugar con fuego.

Capítulo 3

MEGAN tenía un problema. Para ser más exactos, un problema de más de un metro ochenta de estatura y ya no tenía ninguna estrategia viable para conseguir librarse de él. Desgraciadamente, su primera y única estrategia, la de esconderse en el cuarto de baño hasta que se le ocurriera algo mejor, acababa de hacerse pedazos.

Al principio, él se había mostrado cooperador, pero ya no. El problema era que ella estaba demasiado cerca de él para que pudiera ocurrírsele otra excusa. Las notas del vals le resonaban en los oídos y la luz de las majestuosas arañas que colgaban del techo la cegaba.

Se movía con movimientos aprendidos, con el cuerpo pegado al de él. Se sentía abrumada por el calor que desprendía el cuerpo de Dario. El brillo de la excitación se reflejaba en sus oscurecidas pupilas, señal evidente de que no era el único atrapado en aquella vorágine de deseo.

Su enorme cuerpo la rodeaba, el masculino aroma que emanaba de su piel le estaba friendo las pocas neuronas que aún le funcionaban. Casi no podía respirar y mucho menos pensar.

De repente, Megan se tropezó. El fuerte antebrazo le rodeó la espalda y, durante un segundo, la levantó del suelo.

—Tranquila —le murmuró él al oído muy suavemente—. Sigue mis pasos...

Megan se rindió. Dario la hizo dar vueltas y más

vueltas sobre la pista de baile, por delante de las miradas de envidia de las mujeres. Él tenía un aspecto magnífico, esbelto y elegante con aquel esmoquin, pero acompañado de un aire de masculinidad que impresionaba también a los hombres.

Megan se sentía mareada. Su cautela y su autocontrol se desvanecían bajo la penetrante mirada que llevaba experimentando toda la velada. La música resonaba a su alrededor y las luces que los iluminaban desde el techo la desorientaban. Se sentía como si estuviera en el centro de un caleidoscopio. A aquel impacto visual y sonoro, había que unir el táctil. Cada centímetro de su piel parecía tensársele sobre los huesos, de modo que ella era capaz de notar con más intensidad cada milímetro que tocaba de la de él.

Por fin, la música terminó y él se detuvo. Megan dio un paso atrás y Dario la soltó. Agradecida de tener espacio por fin, notó que su aroma aún la envolvía por completo.

—Bailas muy bien —dijo en tono forzado.

—¿Deseas marcharte? —replicó él.

—Sí —suspiró ella antes de que pudiera decir lo contrario.

Dario le tomó la mano y la sacó de la pista de baile. Algunos invitados trataron de detenerlos, pero él los dejó atrás como si no se hubiera dado cuenta.

Megan recordó la sugerencia de su padre. Quería que sedujera a Dario y ella había accedido a intentarlo, pero ¿por qué le parecía que lo que estaba ocurriendo en aquellos momentos no tenía nada que ver con su padre ni con Whittaker's, ni siquiera con los sueños de Katie?

Deseaba a De Rossi por sí misma. No había más motivos.

El pulso le latía en el cuello y el deseo se extendía con fuerza por todo su cuerpo. Dario se detuvo brevemente para recoger los abrigos en la entrada. El coche ya los estaba esperando a la puerta cuando salieron.

Dario no esperó a que el chófer saliera de la limusina. Abrió la puerta él mismo. En ese momento, Megan sintió miedo de entrar, de dar el siguiente paso.

Si entraba en la limusina, aquel hombre sería su primer amante de verdad. Aunque aquello no le había parecido nunca importante hasta aquel momento, se lo pareció entonces. Evidentemente, aquello era solo lujuria y deseo. Ella no era como su hermana, pero tampoco una romántica. No necesitaba el engaño de flores ni corazones para justificar una necesidad puramente física. Precisamente por ello, no podía hacerlo mientras aún existieran mentiras entre ambos.

—Entra en el coche, Megan —murmuró él–, o soy capaz de hacer algo que consiga que nos arresten a los dos.

Ella se dio la vuelta y, de nuevo, se encontró rodeada por él. Un brazo sobre el techo del coche, la espalda contra la puerta. De hecho, incluso podía sentir la gruesa masculinidad de Dario contra su vientre vibrando entre ellos incluso a través de la ropa.

—No puedo... Tengo que decirte algo primero.

—Si es sobre tu padre y la razón por la que concertó esta cita, no te molestes. Ya lo sé.

—¿Que lo sabes? –preguntó ella con una mezcla de alivio y sorpresa.

Megan le colocó una mano sobre el pecho y, a través de la camisa, sintió cómo los latidos de su corazón le daban la respuesta. Él se sentía tan arrebatado por la química que ardía entre ellos como ella misma. Eso era lo único que importaba. Si Dario conocía el plan de su padre, aquello no era algo sórdido o carente de ética. No era nada más que dos adultos satisfaciendo una necesidad.

Dario asintió. Su oscuro cabello relucía bajo la luz de la farola.

–Dime, ¿estás aquí por él, por su empresa o por mí?

–Yo...

«Por mí. Estoy aquí por mí».

Aunque la verdad le resonó en la cabeza, fue incapaz de ponerle voz. Paralizada por las palabras que el subconsciente le recordaba de otra noche de abril, las palabras que su madre le había susurrado antes de marcharse. Las últimas palabras que su madre le había dicho.

«Tengo que marcharme con él, cariño. Hace tan feliz a mamá... Papá terminará por comprenderlo...».

–Yo... No puedo –dijo por fin.

No quería ser como su madre, no podía serlo. Tal vez tenía las mismas necesidades biológicas, necesidades que había tratado de negar durante mucho tiempo, pero no podía acostarse con el enemigo de su padre y no hacer nada para salvarlo.

–¿Por qué no puedes? –le preguntó Dario.

–Porque mi padre se moriría si tú destruyeras Whittaker's.

El modo en el que Dario frunció el ceño le habría resultado aterrador si ella aún hubiera tenido el control sobre sus facultades. Sin embargo, solo consiguió acicatear el fuego que le ardía en la sangre. ¿Podría ser que un hombre tan cruel como Dario considerara cambiar de opinión? ¿Dejaría en paz la empresa de su padre por ella? ¿Tanto la deseaba?

–Te prometo que no tengo intención de destruir la empresa de tu padre.

Ella trató de controlar la alegría que sintió al escuchar tal admisión, pero no pudo.

–*Grazie*.

Dario frunció el ceño y luego esbozó una sonrisa depredadora que debería haberle resultado aterradora, pero que, sin embargo, le resultó terriblemente excitante.

–No me des las gracias todavía –le dijo mientras le

daba una palmadita en el trasero–. Ahora, métete en el coche.

Megan se echó a reír y se metió en el coche. Todo el estrés y la tensión de las últimas veinticuatro horas acababa de desvanecerse en la noche de Manhattan. El coche se unió al tráfico nocturno y se dirigió hacia la casa de Dario, hacia su nidito de amor, en Central Park West.

Whittaker's se salvaría. Su padre podía dejar de preocuparse sobre perder la empresa que llevaba cinco generaciones en la familia y ella podría disfrutar de su noche de exploración erótica con un hombre que le hacía hervir la sangre sin remordimiento alguno.

Tardaron diez minutos en recorrer el parque, que estaba iluminado por la luz de la luna. Pudieron ver a algunos intrépidos corredores ejercitándose mientras pasaban junto a los torreones de cuento de hadas del castillo de Belvedere. Megan se sintió igual de intrépida cuando, por fin, el coche se detuvo y Dario descendió. No habían hablado en todo el trayecto. Cuando él la ayudó a salir del vehículo, le temblaban los dedos de anticipación.

–Así que este es tu nidito de amor –dijo ella.

–¿Mi qué? –le preguntó él mientras Megan inclinaba la cabeza para admirar las dos torres del edificio de estilo art decó, la opulenta arquitectura que era una afirmación del lujo de un tiempo ya pasado.

Sin embargo, la risa al ver la expresión de asombro se le quedó atascada en la garganta cuando él la escoltó al interior del edificio. Pasaron junto al portero y a la recepcionista y llegaron a la puerta del antiguo ascensor. Las intrincadas puertas de filigrana se abrieron. Un ascensorista uniformado los saludó desde dentro.

–Buenas noches, señor De Rossi –dijo el ascensorista, mientras se tocaba ligeramente la gorra para saludar a Megan–. Señorita...

–*Buonasera*, Rick –respondió Dario en tono cortante. Había agarrado a Megan tan fuerte de la mano que ella sentía cómo latía su propio pulso–. Le presento a Megan Whittaker.

–Encantada de conocerlo, Rick –dijo ella. El rubor le hacía arder el cuello. ¿Cuántas otras amantes le habría presentado Dario a Rick mientras los subía al nidito de amor?

El apelativo no sonaba muy romántico. Mejor. No estaba allí para hacer el amor, sino para disfrutar del sexo por primera vez en su vida.

De repente, comprendió la enormidad de lo que estaban a punto de hacer. Ni siquiera se habían besado. ¿Qué se sentiría al tener aquella boca tan sensual encima de la suya? ¿Qué aspecto tendría su cuerpo desnudo? Tenía una buena constitución. ¿Estaría todo su cuerpo hecho con las mismas proporciones? ¿Le dolería? ¿Debería ella decirle antes que nunca antes había llegado hasta el final?

Se le aceleró el pulso mientras observaba cómo la flecha dorada que había encima de sus cabezas iba señalando las plantas. A pesar de tratarse de un diseño antiguo, el ascensor subió las veintiséis plantas sin un crujido. Muy poco tiempo después, aunque no el suficiente, Dario le deseó buenas noches al ascensorista y la condujo al exterior del ascensor. Se trataba de un vestíbulo casi palaciego, con flores frescas sobre una mesa.

Dario se quitó el abrigo y lo arrojó sobre un sillón. Entonces, le quitó a Megan el echarpe. A pesar de la calidez que reinaba en la estancia, ella se echó a temblar. A continuación, Dario le colocó las manos sobre los hombros y le hizo darse la vuelta.

Su hermoso rostro, tenso por el deseo, debería haberla asustado, pero no fue así. Dario le deslizó los dedos por los hombros y los colocó en la nuca con exquisita ternura. Así, la inmovilizó. Después, le cubrió los labios con los suyos, desencadenando un tsunami de sensaciones.

A Megan se le cortó la respiración. La dureza de su cuerpo pareció imprimirse en las suaves curvas del de ella. En vez de exigir o devorar, los labios se mostraban dulces y suaves, hasta que ella abrió la boca para facilitarle el acceso.

Dario comenzó a explorar, a explotar, a hacerse con el control del beso. Megan se echó a temblar de deseo y permitió que él le hundiera las manos en el cabello y que modificara el ángulo de su rostro para poder profundizar el beso y tomar más. A ella le latía el corazón tan violentamente en el pecho que los latidos parecían las alas de un pájaro que tratara de escapar. Se apretó contra él, absorbiendo el calor que emanaba de su cuerpo y devolviéndole el beso, moviendo la lengua para que se batiera en duelo con la de él. La repentina sensación de ligereza resultó tan aterradora como el potente deseo que se iba apoderando de ella para borrar todo menos la imagen, el sonido y el sabor de Dario. Terrenal, primitivo y sobre todo muy real.

El beso duró tan solo unos instantes, pero, a pesar de todo, Megan se tambaleó cuando él alzó la cabeza de repente. Dario levantó las cejas y la miró con deseo. Megan se preguntó durante un instante si él se sentía tan asombrado como ella por la intensidad de los sentimientos que se estaban produciendo entre ellos.

Dario le tomó la mano y la condujo hasta una sala de techo muy alto. Una majestuosa escalera conducía hacia una planta colocada en el entresuelo, donde los únicos muebles eran unos cómodos sofás de cuero. Los ventanales iban desde el techo hasta el suelo y proporcionaban una increíble vista de Central Park, del lago y de la línea del cielo del East Side.

Megan veía su reflejo en el cristal. Observó su agitada respiración, sus curvas reluciendo con la luz del vestíbulo. Dario se colocó a su lado y deslizó los pulgares debajo de los finos tirantes cubiertos de infinitos cristales.

–¿Sí? –le preguntó.

–Sí –respondió ella.

Dario deslizó los tirantes y comenzó a bajarle la cremallera. El vestido se le enganchó en la cintura un instante, antes de deslizársele por las piernas para terminar cayendo a sus pies. La lencería de color azul cobalto que Annalise había insistido en comprar quedó al descubierto.

Megan contuvo el aliento cuando oyó que él le desabrochaba el sujetador. Muy pronto, los pesados senos quedaron libres de su confinamiento y los labios de Dario comenzaron a acariciarle el cuello y a besárselo mientras las manos cubrían los henchidos senos y los dedos rodeaban suavemente los pezones. Cuando él empezó a apretárselos suavemente entre el pulgar y el índice, las sensaciones se hicieron eco en su sexo. Las rodillas amenazaron con doblársele, por lo que un fuerte brazo le rodeó la cintura para sostenerla. La pálida piel de Megan relucía contra la morena de él.

–No puedo esperar más para tenerte –susurró mientras le acariciaba suavemente el cuello con los labios.

Ella se apartó de él y se dio la vuelta para mirarlo. El pulso se le había vuelto loco. Aspiró profundamente y saboreó su aroma.

Dario le acarició la mejilla con el pulgar. Aquella sencilla caricia hizo que los nervios de Megan se pusieran de nuevo en estado de alerta. Ningún hombre la había mirado nunca con tanto deseo. Ella absorbió el calor y la intensidad y le pareció una bendición, una celebración de todo lo que ella era y que tanto le había aterrado admitir.

El calor que sentía entre las piernas se transformó en líquido deseo, sensibilizándole la piel y poniendo sus sentidos en estado de alerta sobre el aroma y el sabor de él.

Apretó los muslos con fuerza.

–Yo tampoco puedo –dijo.

Dario miró a la mujer que tenía frente a él, una aspirante a seductora sin muchas armas de mujer, cuya exagerada respuesta a sus caricias llevaba torturándolo toda la noche.

Se había quedado atónito por el deseo que sentía. Nunca antes había deseado tanto a una mujer, hasta el punto de que no estaba seguro de poder refrenarse con ella y eso le asustaba. Podía leer todos los sentimientos que se le reflejaban en el rostro. Sus intentos desesperados por controlarlos lo excitaban casi tanto como los erectos pezones, que parecían suplicar sus besos. La necesidad le atenazaba el vientre, provocando una presión en la entrepierna que le resultaba casi insoportable.

Le cubrió un seno con la mano. Ella se sobresaltó, pero no se apartó.

–¿Estás segura, *cara*?

No quería ni mentiras ni obligaciones entre ellos. Le había prometido que no destruiría la empresa de su padre. En realidad, nunca había querido destruirla, sino tan solo arrebatársela... aquella misma noche, cuando el acuerdo final con los últimos accionistas de Whittaker's se ratificara a medianoche.

–Sí...

Dario le enredó los dedos en el cabello y le soltó el recogido. Mientras los sedosos y suaves mechones se deslizaban entre sus dedos, el aroma que provenía de ella, fresco y vibrante, lo rodeó y el deseo se hizo dueño de todo su cuerpo. Megan abrió los ojos aún más y su respiración se hizo más trabajosa. Dario comprendió que ella también sentía el deseo y la necesidad de terminar lo que habían empezado.

Ella se mordió el labio inferior, hechizándolo por completo y convocando así a todos y cada uno de sus más bajos instintos, instintos que se había pasado una vida entera tratando de controlar.

La necesidad lo abrumaba cuando la tomó entre sus brazos y la colocó en el sofá. Allí, bajó la cabeza incapaz de resistir la atracción de aquella jugosa boca ni un instante más.

Oyó un suave gemido, saboreó la excitación y la trepidación de Megan... Podría ser que tanta inocencia fuera tan solo un truco de la noche. Ninguna mujer podía ser inocente y volverlo completamente loco pero, aunque fuera así, le gustaba el desafío.

Comenzó a tentarla con la lengua. Ella abrió por fin los labios con un suspiro. Dario le introdujo la lengua en la boca para explorársela. Al principio, lo hizo delicadamente, pero luego se desató y comenzó a empujarlos a ambos hasta la locura. El sabor de Megan era glorioso, dulce y nuevo.

Ella le deslizó los dedos por debajo de la chaqueta del esmoquin para aferrarse a su cintura. Dario ya no pudo contenerse más. Se incorporó, se quitó la chaqueta y la arrojó al suelo antes de volver a tumbarse sobre ella. Le colocó las manos por encima de la cabeza y le agarró ambas con una de las suyas. Con la otra, comenzó a acariciarle la punta de uno de los senos.

El pezón se irguió contra la palma, levantándose con orgullo mientras ella arqueaba la espalda. La respiración se le había acelerado, gozando con las caricias. Dario rodeaba el tenso pezón con avidez. Se había olvidado por completo de toda cautela tras ver la seductora respuesta de Megan.

Atrapó el pezón entre los dientes, metiéndoselo en la boca y estimulándolo con la lengua. Ella murmuró algo incoherente en la oscuridad. El deseo que había en su voz parecía acariciarle la piel y provocaba que su deseo se escapara a todo control.

La deseaba más de lo que había deseado nunca a ninguna mujer. Su evidente falta de experiencia despertaba un deseo primitivo en él que ansiaba reclamarla, marcarla, devorarla.

—Por favor, no puedo...

—Shh —susurró él.

Se sentía desesperado por aliviar la tensión que notaba en la entrepierna. Ella lo deseaba igualmente. Dario lo sentía en su cuerpo, que estaba tenso como un arco, y en lo agitada que estaba su respiración. Además, un delicado rubor le cubría el rostro.

—Es tan agradable... —murmuró ella mientras Dario seguía chupándole el pezón ávidamente.

Ella se tensó al máximo y consiguió por fin liberarse las manos, que hundió inmediatamente en el cabello de Dario. Ante aquel gesto, él perdió el poco control que le quedaba. Maldijo el pensamiento y el raciocinio o cualquier otra cosa que le impidiera darle placer entre sus brazos. La locura por poseerla lo consumía.

Le colocó la mano entre las piernas para ver si estaba lista y, a través del encaje, notó que estaba caliente y húmeda. Ella gemía de deseo, animándolo a que la poseyera allí mismo y en aquel mismo instante para que ambos pudieran satisfacer la necesidad que los estaba volviendo locos.

Dario metió la mano por debajo del delicado encaje de la braguita y comenzó a acariciarla. Megan gritó de placer, rebelándose contra aquel contacto tan íntimo.

Sin embargo, los húmedos pliegues contaban una historia muy diferente. Ella lo necesitaba y lo deseaba.

Dario le arrancó las braguitas y, tras agarrarle los
muslos, se los separó, colocando su ardiente masculinidad en el mismo centro.

–Déjame poseerte –gruñó. La ferocidad de su exigencia le sorprendió incluso a él mismo.

Megan lo miraba atónita, asombrada, pero asintió
levemente.

La locura se apoderó de él. Dario se bajó la cremallera y liberó su erección. Entonces, se colocó entre los
henchidos pliegues y se hundió entre ellos. Justo en
aquel mismo instante, escuchó un grito de dolor contra
su cuello y sintió una pequeña barrera justo antes de
que ella se cerrara alrededor de él como un puño.

Dario se detuvo en seco. Estaba hundido por completo en ella y había comenzado a experimentar las
primeras sensaciones del orgasmo, pero el cuerpo de
Megan estaba demasiado tenso. Demasiado estrecho.

–¿Qué diablos...? –maldijo, asombrado y asqueado
por la evidencia de su inocencia–. ¿Eres virgen?

El asombro de lo que acababa de descubrir quedaba
solo contrarrestado por el fiero deseo de moverse, de
terminar lo que había empezado.

Megan hundió el rostro contra el cuello de Dario. Su
cuerpo se rebelaba contra aquella repentina invasión. Se
había sentido bien al principio. Todo había sido muy hermoso, pero, en aquellos momentos, se sentía empalada.
Dario estaba demasiado dotado y la llenaba por completo.

Se tensó al notar que él se movía. El grueso calor la
marcaba por dentro y la acariciaba profundamente, lle-
vándola de nuevo hacia el glorioso deseo que la había
consumido hacía tan solo unos instantes.

–*Cara*... –susurró él acariciándole la mejilla–. Respóndeme... ¿Por qué no me dijiste que soy el primero?

–Lo siento –dijo ella, sin saber por qué se estaba disculpando. Dario parecía tan horrorizado que no supo qué otra cosa decir.

Dario comenzó a retirarse, pero ella le agarró para impedírselo.

–No pares... No importa, de verdad... Me gusta...

En realidad, no era así. Le dolía y le abrumaba un poco.

–No quiero hacerte daño...

A Megan le habría gustado saber por qué le importaba tanto. Sin embargo, lo que más deseaba era que regresaran las sensaciones que había experimentado anteriormente.

–Te aseguro que no soy tan frágil y que no me romperé...

Dario lanzó una suave maldición en italiano.

–¿Estás segura? –le preguntó.

–Sí, estoy segura...

Dario volvió a hundirse en ella. Megan sintió que se le cortaba la respiración. Podía sentirlo por todas partes. La presión a la que él la sometía era insoportable, pero, con ella, llegó de repente una inesperada sensación de placer cuando él empezó a estimular un lugar dentro de su cuerpo. Dario meneaba las caderas y lo frotaba constantemente...

–*Si sente bene*? –le preguntó él en su idioma nativo.

–Sí, me siento bien...

Efectivamente así era. El placer volvió a crecer dentro de ella, con fiereza, borrando el dolor y la confusión, hasta que lo único que quedó fue la gloriosa sensación del éxtasis, puro y perfecto. Las sensibles puntas de los pechos se frotaban contra los duros contornos del torso de Dario a través de la camisa de lino, enviándole agradables sensaciones hacia el sexo.

El sonido de sus cuerpos acoplándose, el aroma de las feromonas y de sudor... Todo pasó a un segundo plano. Lo único que pudo escuchar Megan fueron sus propios jadeos y los gruñidos de él. Dario estableció un ritmo endiablado, imparable. Entonces, metió la mano entre ambos para apretar el punto más sensible de su feminidad.

Las sensaciones se acrecentaron. Megan tan solo era capaz de concentrarse en el ardiente centro de su ser, en una feminidad que ansiaba alcanzar la liberación. Se aferró a él, aterrada, frenética y feliz al mismo tiempo. Dentro de ella, Dario creció hasta proporciones imposibles. Megan, por su parte, se movía entre la línea que separaba el intenso placer del dolor insoportable. De repente, su cuerpo se liberó.

Su ligero grito cortó el aire cuando llegó al punto más álgido, a la máxima intensidad. Poco después escuchó el de él, justo antes de verterse dentro de ella.

¿Qué diablos acababa de ocurrir?

La pregunta surgió mientras Dario esperaba que el corazón dejara de golpearle las costillas como si fuera un caballo desbocado tratando de alcanzar la libertad.

El sugerente aroma a azahar y a sudor, el peso de las manos de Megan en su cintura, la camisa que se le pegaba al cuerpo porque no se había molestado en quitársela... Poco a poco ella se fue relajando a medida que la potente erección fue disminuyendo.

Hundió el rostro contra el cuello de Megan. Ella tenía la piel suave y fragante. Notó el latido errático del pulso, tan salvaje como el suyo propio.

No se podía mover. Ni quería hacerlo. Dio gracias por la tenue luz que los envolvía mientras estaban tumbados en el sofá. Había disfrutado del buen sexo antes, del sexo espectacular. Sin embargo, nunca había tenido un orgasmo tan intenso que parecía que le estaban desgarrando el alma.

¿Quién era aquella mujer?

Se levantó un poco y sintió que ella se encogía debajo de él. Escuchó un gemido de incomodidad y se sintió algo avergonzado.

Megan era virgen y él la había seducido salvajemente. Además, lo había hecho sin tomar ningún tipo de medida de protección. Debería haberse retirado o detenido, pero Megan le había embrujado de algún modo y no había podido centrarse en otra cosa que no fuera ella y en la necesidad de poseerla.

¿Por qué no se lo había dicho? Megan debería haberle confesado que era virgen. Jamás habría...

«Deja de mentirte».

Ninguna fuerza terrenal podría haberlo detenido después de que ella le diera su consentimiento y desatara la bestia que había dentro de él.

Se levantó y observó su rostro. Le resultaba imposible descifrar la expresión que había en su rostro bajo la tenue luz, pero sí vio que estaba temblando. Su pálido rostro tenía un aspecto etéreo. Sintió que el deseo volvía a despertarse en él y la vergüenza se mezcló con la ira.

«No eres ningún animal».

Aquella frase le pareció una mentira. Se abrochó los pantalones y fue a recoger la chaqueta que había arrojado al suelo. Cuando regresó al sofá, la encontró sentada, tapándose con los brazos. Él le colocó la chaqueta sobre los hombros y la abrazó.

—¿Por qué estás temblando? ¿Acaso tienes frío?

Le colocó un rebelde mechón detrás de la oreja y se sintió profundamente aliviado cuando ella sonrió. La necesidad de besarla volvió a apoderarse de él, pero se resistió. No era buena idea, dado que el beso conduciría a otras cosas mucho más peligrosas.

—No, no tengo frío. Creo... creo que es solo una reacción.

—¿Una reacción a qué?

Dario quería distraerlos a ambos con conversación. Normalmente, no le gustaba hablar mucho después del sexo, pero aquello era diferente. Nunca había sido el primer hombre para ninguna mujer. No era una responsabilidad que quisiera o que hubiera elegido, pero lo sentía así a pesar de todo.

—Una reacción... —dudó de nuevo. No parecía estar avergonzada o insegura, sino simplemente como si estuviera buscando las palabras adecuadas—. Bueno, al orgasmo, supongo. Ha sido muy intenso. Eres mucho mejor que mi vibrador.

Dario soltó una carcajada, en parte por diversión y deseo, pero también por alivio. La brusca sinceridad de Megan resultaba encantadora, en especial cuando sonreía.

—*Grazie,* menudo cumplido —murmuró.

Ella le dedicó una tímida sonrisa. Parecía avergonzada, pero también divertida.

—Lo siento, no se me da muy bien esto.

—Al contrario —dijo él, volviendo a meterle un mechón detrás de la oreja—. Se te da muy bien, especialmente para ser alguien con tan poca práctica.

Megan se sonrojó, aunque parecía contenta con el cumplido. Dario sintió una extraña sensación en el pecho y bajó la mano. ¿Qué estaba haciendo? Se estaba comportando como un idiota enamorado, cuando tenía que asegurarse de que no habría consecuencias de su irresponsable comportamiento.

—Megan, debemos hablar de un asunto práctico.

—¿A qué te refieres?

–No he utilizado preservativo –respondió él directamente–. ¿Estás tomando la píldora?

Ella se sonrojó y abrió mucho los ojos. O era una actriz merecedora de un premio o aquella reacción escandalizada no era fingida.

–No... Lo siento, no...

–No hay necesidad de disculparse –le aseguró él. Se sintió avergonzado por el cinismo de sus pensamientos. Megan era la persona que parecía ser, sincera. Tal y como había sospechado en un principio–. Los dos somos responsables del error. Yo estoy limpio. Me hacen análisis y pruebas de vez en cuando para el seguro de mi empresa y nunca he tenido relaciones sexuales sin protección.

Efectivamente, hasta Megan, siempre había tenido mucho cuidado con sus conquistas sexuales. Por eso, nunca se había encontrado en aquella situación con anterioridad.

–Si necesitas pruebas –añadió al ver que ella no respondía–, haré que mi médico se ponga en contacto contigo.

–No. Eso no es necesario. Confío en ti –repuso ella dejando constancia de su inocencia una vez más–. Yo tampoco, por cierto... me refiero a lo de tener sexo sin protección. Por si te preocupaba o te lo estabas preguntando.

Dario no pudo evitar una sonrisa.

–¿Te refieres a tu vibrador?

–Ah, vale... –susurró ella sonrojándose aún más–. Dios, me siento como una tonta...

–En absoluto, *piccola* –comentó él, riéndose. La reacción de Megan le había parecido encantadora–. Sin embargo, seguimos teniendo un problema. ¿Cuándo tuviste tu último periodo?

–Ah, yo... Creo que hace una semana.

–En ese caso, aún no estás en la mitad del ciclo –dijo él–, pero deberías tomar un anticonceptivo de emergencia, ¿no te parece? Como medida de precaución.

Dario esperó con ansiedad la respuesta de Megan. ¿Qué haría él si ella se negaba?

–Sí, sí, claro. Iré a una farmacia –contestó ella levantándose inmediatamente del sofá–. Es mejor que vaya ahora mismo. Tendré que encontrar una farmacia de guardia. Ni siquiera sé si esas cosas se pueden comprar sin receta.

–Megan, no hay necesidad de dejarse llevar por el pánico –dijo él levantándose también del sofá. Le colocó un dedo debajo de la barbilla y le levantó el rostro hacia él–. Y deja de morderte el labio inferior o no seré responsable de las consecuencias.

Ella se soltó el labio inmediatamente.

–Pero debería ir, Dario. Necesito comprar ese anticonceptivo. No quiero...

–Tienes hasta una semana para tomarlo.

–¿Sí?

–Creo que sí. No me mires así, *piccola* –dijo él con una sonrisa–. Te prometo que no tengo por costumbre hacer el amor sin tomar precauciones –añadió. La verdad era que él nunca antes había cometido aquel error, pero Megan no tenía por qué saberlo–. Sin embargo, soy un hombre precavido. No tengo deseo alguno de ser padre.

–Por supuesto –asintió ella–. Lo siento. Estoy armando mucho alboroto, ¿verdad?

–En absoluto. Todo esto es nuevo para ti.

Megan se echó a temblar ligeramente. La chaqueta del esmoquin le hacía parecer más menuda aún.

De todos modos, debería marcharme ya. Me aseguraré de ir a la farmacia a primera hora de la mañana.

Por supuesto, ella tenía razón. Aquello les había

ofrecido a ambos la oportunidad de saciar la lujuria que los había poseído a ambos desde el momento en el que se vieron.

Sin embargo, en aquel momento, cuando ella se erguía ante él hermosa y seductora, Darío comprendió que la chispa aún no se había extinguido. Aquella noche sería su única oportunidad, porque no volvería a ponerse en contacto con ella.

Pocas horas después, sus agentes habrían completado la OPA hostil sobre la empresa de su padre, lo que significaría que no volvería a haber más encuentros.

No había sido muy sincero por su parte no haber aclarado su afirmación anterior sobre Whittaker's para que no hubiera confusión alguna sobre lo que había querido decir. Sin embargo, no mezclaba nunca los negocios con el placer. Por esa razón, no se sentía culpable de haber respondido de una forma tan críptica. Lo que ocurría en los despachos no tenía relación alguna con lo que ocurría en el dormitorio... o más bien en el sofá. Lo que había ocurrido entre ellos jamás podría ser nada más que un encuentro físico.

Cuando Megan descubriera la verdad, se disgustaría, tal vez incluso creyera que él la había engañado. Después de todo, la respuesta que Darío le había dado a su pregunta había sido deliberadamente ambigua. Sin embargo, cuando miró las piernas desnudas de Megan y recordó los temblores del orgasmo y el modo en el que ella le había apretado con los muslos al alcanzarlo, comprendió que no quería que aquella aventura terminara tan pronto.

De hecho, estaba empezando a lamentar profundamente que ella fuera a odiarle por la mañana.

Megan recogió el vestido y se cubrió el pecho con él.

–¿Hay algún sitio en el que me pueda lavar? –pre-

guntó. De nuevo, mostraba una actitud tímida e insegura.

Dario se acercó a ella. Había tomado su decisión.
Seguirían disfrutando de la noche. Le mostraría la deli-
cadeza y la reverencia que no le había enseñado hasta
entonces. Ella se merecía algo mejor que un polvo rápido en un sofá. Dario no era romántico ni sentimental,
pero sí era un buen amante.

—No hay necesidad de que te marches —dijo mientras
le quitaba el vestido de las manos.

—Pero yo...

—No hay peros que valgan —dijo él colocándole un
dedo sobre los labios—. Tenemos toda la noche. ¿Por
qué no dejas que te muestre todas las demás cosas que
tu vibrador no puede hacer por ti?

El rubor se intensificó, lo que estuvo a punto de hacer que soltara la carcajada. No estaba acostumbrado a
recibir aquella respuesta cuando se disponía a seducir a
una hermosa mujer.

No era de extrañar que Megan resultara tan cautiva-
dora. Sencillamente, era lo opuesto a su tipo habitual
de mujeres. Aquella singularidad no tardaría en desapa-
recer, pero la disfrutaría por el momento. Sobre todo
aquella noche y se aseguraría de que Megan disfrutaba
también. Tal vez ella lo odiaría profundamente por la
mañana, pero terminaría dándole las gracias por mos-
trarle que el sexo era mucho más agradable cuando no
se veía comprometido por vínculos emocionales.

—No estoy segura de que sea una buena idea...

—¿Por qué no? —le preguntó él mientras le acariciaba
la mejilla. Le gustaba el modo en el que ella se acomo-
daba contra la palma de su mano instintivamente. Las
pupilas se le oscurecieron dramáticamente. ¿Sabía Megan que él podía ver exactamente lo mucho que lo deseaba?

—Porque, para serte perfectamente sincera, estoy un poco dolorida.

Aquel comentario tan inocente, pronunciado con total sinceridad, hizo que Dario soltara una carcajada.

—¿Qué te hace tanta gracia? —le preguntó ella algo molesta.

Dario la tomó entre sus brazos y se dirigió a la escalera, para subir hasta la planta donde se encontraban la enorme cama, la amplia bañera y la potente ducha de las que pensaba hacer buen uso en las próximas horas.

Le dio un beso en la mejilla y gozó con el tacto de su piel. ¿Por qué no tenerla desnuda y deseosa toda la noche? ¿Por qué nunca antes había pensado en lo excitante que sería ayudar a una mujer a descubrir las fronteras de su propio placer?

—No tengas ese aspecto tan preocupado, *cara mia* —dijo mientras iba subiendo los escalones de dos en dos—. Hay muchas maneras de hacer el amor y no todas requieren penetración. Evidentemente, tu vibrador tampoco te ha ayudado con eso.

—Ojalá nunca te hubiera hablado de mi vibrador —dijo ella—. Ahora no vas a parar nunca de burlarte de mí.

—No me estoy burlando, pero intento remediar la situación. Con tu permiso, claro está.

Megan suspiró, pero la excitación y el deseo que se le reflejaban en los ojos contaban una historia completamente diferente, en especial cuando ella se le agarró al cuello y, con fingida severidad, le dijo:

—Venga, está bien. Si insistes...

Capítulo 4

¿ACASO Darío no comía nunca?

Megan miró las estanterías completamente vacías del enorme frigorífico. Aparte de un par de botellas de agua mineral, una botella de carísimo champán, unas botellas de cerveza italiana de importación, un poco de leche y una caja de bombones, no había nada para comer. Buscó por los armarios. Nada. No había nada más que un fuerte café italiano.

Se dio la vuelta. La enorme camiseta de fútbol que había sacado de un cajón del vestidor de Darío le llegaba casi hasta las rodillas. Le rozaba suavemente los pezones, recordándole cómo Darío le había devorado los pechos en la ducha.

Prefirió pensar en otra cosa. Se fijó en el sol, que ya había empezado a iluminar Central Park, reflejándose en el lago y creando una magnífica vista. Se había despertado con el enorme cuerpo de Darío abrazado al suyo. Él la estrechó después de darle un maravilloso orgasmo por cuarta vez aquella noche. Ella levantó el vaso de agua mineral que se había servido del frigorífico y tomó varios tragos para saciar la sequedad que le atenazaba la garganta.

A Darío de Rossi le gustaba abrazar. ¿Quién lo habría pensado?

Sonrió, sintiéndose un poco mareada. Era sábado, por lo que no tenía que ir a trabajar. Sabía que su padre querría que lo llamara para confirmar si había descubierto algo, pero ya no había necesidad de hacerlo. Dario le había dicho que no iba a actuar contra Whittaker's. Tal vez, jamás había tenido la intención de hacerlo.

Sin embargo, al contrario de la noche anterior, Megan no sentía la necesidad de salir corriendo y esconderse. Se había mostrado tan solícito después de que hicieran el amor la primera vez y tan dedicado el resto de la noche... Le había dado un baño y le había hecho cosas a su cuerpo que demostraban que, efectivamente, los vibradores no podían reemplazar a un hombre de carne y hueso.

El sexo había sido apasionado, intenso y muy íntimo. Ella había disfrutado casa instante. ¿Era aquello a lo que tan adicta se había mostrado su madre? Por fin lo comprendía. Sintió una extraña sensación en el pecho, atolondrada y seductora.

Se puso a tratar de descifrar cómo hacer café en aquella moderna cafetera y trató de ignorar aquella sensación. No era probable que lo suyo pasara de aquella mañana. Tenía que ser pragmática. De hecho, era mejor que se marchara a casa. Tenía que encontrar una farmacia y ocuparse de la realidad de lo que habían hablado la noche anterior. Se colocó la mano en el vientre y, durante un segundo, se preguntó qué se sentiría al tener un hijo con un hombre como Dario de Rossi.

Ni hablar.

Se deshizo de aquel pensamiento y dejó caer la mano. No quería tener un hijo con Dario ni con nadie. Estaba segura de que no estaba preparada para la maternidad como le había pasado a su propia madre. Si por alguna casualidad, Dario la había dejado embarazada la noche anterior, remediaría el problema en cuanto llegara a su casa. Sin embargo, primero necesitaba un café.

Llenó el depósito de granos de café y la cocina no tardó en inundarse del fuerte aroma. Si tuviera algo más de ropa, saldría a comprar algo para desayunar. Le gustaba cocinar y sentía que estaba en deuda con Dario. Él había hecho que la noche anterior fuera memorable. Y ella no le había correspondido exactamente. Frunció el ceño y se sirvió una taza de café. Dario se había centrado tanto en ella que había resultado muy halagador, pero, tras la primera vez, a ella no le había parecido que fuera algo igualitario. Se había sentido como una alumna a la que instruía su maestro. Sus intentos por tocarle o acariciarle, por darle placer también a él, fueron rechazados.

–Estoy impresionado.

Megan se dio la vuelta y derramó un poco de café sobre la encimera. Vio que Dario estaba de pie tras ella. Su amplio y musculoso torso le aceleró los latidos del corazón. Llevaba un pantalón de chándal muy bajo sobre las caderas, dejando al descubierto la uve más deliciosa que había visto en toda su vida, y nada más. Su piel presentaba un profundo bronceado y tenía el cabello despeinado, pero, al contrario del cabello de Megan, que seguramente presentaba un aspecto lamentable, a él le daba un aspecto muy sexy. A eso, había que añadir la incipiente barba, lo que le habría dado un lugar de honor en un anuncio de colonia.

–¿Sigues nerviosa, Megan? –le preguntó con una pícara sonrisa en el rostro. Se acercó a ella para servirse una taza de café.

Megan volvió a experimentar la misma extraña sensación de antes. Respiró su aroma, lo que supuso un brutal recordatorio de todo lo que habían compartido la noche anterior.

–Tienes la mala costumbre de acercarte sigilosamente a mí –replicó ella también con una sonrisa. No se podía creer que se hubiera pasado toda la noche en brazos de alguien como Dario, un dios entre los hombres–. ¿Por qué te he impresionado?

–Bueno, has averiguado cómo utilizar esa cafetera sin un tutorial de una hora.

Megan se echó a reír y echó un vistazo a la complicada cafetera.

–En realidad, no es tan difícil para un genio de los ordenadores como yo.

Dario comenzó a tomarse el café.

–Vaya, sexy, inteligente y haces un excelente café –comentó mientras se inclinaba para besarla.

El intenso beso puso a mil los sentidos de Megan. El rico sabor a café hacía que se intensificara su deseo. Sin embargo, justo cuando abrió la boca para facilitarle el acceso, él se retiró.

–Maldita sea, ¿qué es lo que me haces, *piccola*?

La había llamado de aquella manera a lo largo de toda la noche anterior. Seguramente, era un apelativo con el que se dirigía a todas las mujeres que se acostaban con él. Eso no la convertía en especial o diferente. Tenía que recordarlo. A pesar de todo, aquellos profundos ojos azules parecían relucir solo para ella cuando pronunciaba aquella palabra. Tenía un lado provocativo que le hacía sentir como si ella estuviera viendo algo que Dario jamás le había mostrado a nadie.

–Nada que tú no me hagas a mí –replicó.

–Umm, lo dudo –dijo él enigmáticamente. Entonces, se dio la vuelta y se sentó en uno de los taburetes que había junto a la encimera de la cocina.

–Había pensado que, antes de irme, podría preparar algo de desayunar –comentó ella, tratando de no parecer muy emocionada al respecto–, pero no tienes comida.

–Cuando tengo invitados, utilizo un catering. El resto de las ocasiones, siempre como fuera.

–Entiendo... Bueno, en ese caso, me marcharé.

–No hay necesidad de que te marches todavía. Puedo hacer que nos suban lo que necesites. Me gusta la idea que has tenido de prepararme el desayuno –comentó. Entonces, le miró la camiseta–. En especial, con mi camiseta de la Roma. Tal vez te lo compense después sobre la encimera...

Aquellas palabras de Dario la excitaron mucho. En realidad, todo sobre él la excitaba.

–Si te vas a comportar como un troglodita, tendré que rescindir mi oferta –replicó en tono de broma.

–Tendremos que ver si puedo persuadirte –susurró él. Los dos sabían que la resistencia de Megan sería nula–. ¿Cuánto tiempo tienes?

Ella miró al reloj que había en la pared y parpadeó al darse cuenta de que eran casi las diez de la mañana. Tenía que regresar a su apartamento antes de que Katie se despertara. Su hermana no solía madrugar mucho los sábados, por suerte, dado que no tenía que ir a clase. No quería que Katie empezara a hacerle preguntas comprometedoras sobre dónde había estado toda la noche. Tampoco quería que se enterara de lo de la historia de la píldora de la mañana después, por lo que tendría que comprarla y tomarla antes de que Katie se levantara de la cama.

–No me había dado cuenta de que era tan tarde... Tengo que marcharme a casa y cambiarme para ocuparme... de las otras cosas de las que hablamos anoche

–Pues es una pena... –susurró él. Y parecía que lo decía en serio, lo que no ayudó en nada a la extraña sensación que ella empezó a sentir en el pecho.

Entonces, su teléfono móvil vibró. Como lo tenía en la encimera, lo tomó para ver de qué se trataba. Un mensaje de su padre.

¿Qué diablos ocurrió con De Rossi anoche?

Un fuerte sentimiento de culpabilidad se apoderó de ella. Miró a Dario. Parecía que su padre estaba de nuevo muy nervioso. No era posible. Dario le había dicho que no iba detrás de Whittaker's, que no habría absorción.

–Creo que es mejor que responda –dijo.

Un extraño escalofrío se apoderó de ella mientras se dirigía al otro lado de la cocina para responder a su padre.

Tranquilo, papá. Todo está bien. Dario me ha asegurado que no está planeando una absorción. He hablado con él.

Miró rápidamente el mensaje y, antes de enviarlo, decidió reemplazar el nombre de pila de Dario por su apellido. Lo envió. Había hecho mucho más que hablar con él, pero su padre no tenía por qué saberlo. Su relación no tenía nada que ver con la empresa. Ya no.

Su padre respondió en cuestión de segundos. La sensación que el mensaje le produjo fue la de un puñetazo en el estómago.

¡Estúpida zorra! Te has acostado con él, ¿verdad? Después de que me robara mi empresa. No eres mejor que la ramera de tu madre.

–No debería decirte esas cosas.

Megan se dio la vuelta y vio que Dario la estaba observando con expresión sombría. Ella se puso el teléfono a la espalda, humillada y triste a la vez. ¿Lo había leído?

–Está disgustado... Creo... En estos momentos, está sometido a mucho estrés –dijo defendiendo inmediatamente a su padre. No había querido ser cruel. No era un mal hombre. Simplemente estaba muy estresado–. Sin embargo, debería marcharme y explicárselo todo. Evidentemente, ha malinterpretado las cosas. Cree que De Rossi Corp está implicado en una OPA hostil. Yo sé que no es así, porque ayer me prometiste que no tienes interés alguno en Whittaker's.

Dario le quitó el teléfono y le agarró la mano para llevarla al lugar donde estaban los taburetes.

–Siéntate, Megan. Tengo algo que explicarte.

Ella tomó asiento. Se sentía confusa. ¿Por qué tenía Dario un aspecto tan serio? ¿Dónde estaba el hombre tan sexy de hacía un instante? ¿El hombre que la había adorado con las manos, la boca y el cuerpo la noche anterior? ¿A qué se debía el mensaje tan desagradable que le había enviado su padre? No entendía nada. La empresa no estaba amenazada. Todo se debía a algún tipo de confusión.

–Megan, tienes que entender que yo nunca mezclo los negocios con el placer.

–Lo sé. Lo siento. No debería haber sacado el tema. Es que acaba de mandarme un mensaje y...

–No me has entendido.

–¿Disculpa?

–Lo de anoche tuvo que ver con el hecho de que disfrutáramos el uno del otro, no sobre tu padre ni su empresa.

–Lo sé, pero me prometiste que...

–Lo que te prometí fue que no destruiría Whittaker's. Eso fue lo que me preguntaste y yo te respondí sinceramente.

–Lo sé y está bien.

–No tengo planes para destruirla, porque, desde anoche, soy su dueño.

Megan parpadeó rápidamente y sintió que se le hacía un enorme nudo en el estómago. Dario siguió hablando de un modo tranquilo y pragmático, pero ella ya prácticamente no le escuchaba.

–Whittaker's sigue siendo una empresa viable, si
está en las manos adecuadas. Es una empresa de presti-
gio con una excelente perspectiva de futuro. Sin embargo, esas manos de las que hablo no son las de tu
padre. El futuro está en el *E-commerce*. Él se ha negado
a desarrollar esa faceta del negocio. Yo solo divido las
empresas que no tienen futuro.

Dario le había quitado la empresa a su padre. No
había mentido, pero no había sido muy explícito con la
verdad. Y ella se lo había creído porque deseaba acostarse con él. Su padre tenía todo el derecho del mundo
a llamarla lo que la había llamado, porque eso era exactamente lo que ella se merecía. Había antepuesto su
placer al bien de la empresa. Al bien de su familia.
Igual que su madre.

Los ojos se le llenaron de lágrimas, pero decidió que
no lloraría. No se merecía esa indulgencia. Tenía que regresar a su apartamento, cambiarse e ir a ver a su padre
para tratar de enmendar la situación. Katie y ella tenían
el dinero que les había dejado su madre, pero era su padre quien se lo administraba. Era capaz de cortarles los
fondos para castigar a Megan por su traición.

Trató de recuperar la compostura y de ignorar la
horrible sensación que tenía en el estómago. Era la
misma sensación que la había paralizado la noche que
su madre se marchó. Había estado convencida de que la
marcha de su madre era, en cierto modo, culpa suya por
no haber sido una buena hija.

Se bajó del taburete y trató de marcharse, pero Dario
se lo impidió.

–Si estás enfadada conmigo, deberías decírmelo.

–No estoy enfadada contigo, sino conmigo misma.
He traicionado a mi padre, al que quiero mucho, y
ahora tengo que decirle lo que he hecho. Espero que no
me odie.

—¿Y por qué quieres a un hombre que te habla de ese modo? —le preguntó Dario. Parecía enojado.

—Por favor, tengo que marcharme —insistió ella tirando del brazo.

Fue rápidamente a recoger su vestido. Tendría que ponérselo para marcharse a casa. Las cosas no podrían estar peor.

—Él no se merece tu lealtad —dijo él—. Ningún hombre que te utilice así se la merece.

«Pero tú me has utilizado».

Apartó aquel pensamiento. Dario no la había utilizado. Había tomado lo que ella le había ofrecido libremente. A pesar de todo, ella no podía soportar mirarlo a la cara mientras se quitaba la camiseta y se ponía el vestido. Debería haberse sentido avergonzada de que Dario la hubiera estado observando, pero ya nada podía avergonzarla. Todo lo que había conocido o en lo que había creído sobre sí misma y su propia integridad estaba hecho pedazos. Se merecía el desprecio de su padre.

—Nos hemos acostado juntos —dijo mientras se ponía los zapatos—. Yo tomé la decisión de acostarme contigo. Fue una decisión errónea. Ahora lo comprendo. Dejé que lo que quería se antepusiera a lo que estaba bien.

No solo eso. Había querido creer que un hombre tan cruel como Dario antepondría el deseo que sentía hacia ella a un acuerdo comercial. No solo había sido una ingenua. Había sido una marioneta en sus manos.

—No seas tonta... Esto no tiene nada que ver con lo que está bien o mal ni con lo que tú y yo hicimos anoche. Esto tiene que ver con tu padre y su incapacidad para dirigir competentemente una empresa. Las dos circunstancias no están relacionadas.

—Para mí sí lo están —replicó Megan mientras recogía el echarpe del suelo.

Su padre no volvería a respetarla. Ella le había fallado. Se había fallado a sí misma. Y todo por el deseo que sentía hacia un hombre que estaba tan fuera de su órbita que resultaba completamente inalcanzable.

Dario volvió a agarrarla del brazo.

—Esto es una locura, Megan. Anoche satisficimos un deseo perfectamente natural. Nada más. No tienes por qué castigarte.

Megan se zafó de él y parpadeó con furia para evitar que las lágrimas se le derramaran. Su situación sería aún peor si él descubría la verdad. Que, en algún momento de aquella noche de pasión, ella había empezado a creer que Dario y ella estaban haciendo algo más que simplemente satisfacer un deseo perfectamente natural.

—Tengo que marcharme.

Echó a andar por el largo pasillo hacia la puerta. Mientras bajaba en el ascensor, agradeció que él no tratara de detenerla. Sin embargo, mientras el taxi se alejaba del edificio donde estaba su apartamento, sintió una extraña sensación de pena. Por Dario.

A pesar de toda su riqueza y poder, de su físico y de su potente atractivo sexual, de su indomable seguridad en sí mismo y su carisma, resultaba evidente que no comprendía la importancia de la familia.

Capítulo 5

MEG, ¿dónde has estado? –le preguntó Katie cuarenta minutos más tarde, en cuanto Megan entró en el apartamento–. Dios mío... Has pasado la noche con él, ¿verdad? –susurró al darse cuenta de que aún llevaba el vestido de la noche anterior y que estaba completamente arrugado–. No me digas que esa erupción que tienes en la mejilla es por el roce de la barba cuando estabais...

Megan se tocó la zona a la que Katie se refería y se sintió muy avergonzada.

–Ahora no puedo hablar de ello...

Le dolía la cabeza y los ojos por el desastroso final que había tenido su noche de pasión con Dario de Rossi. Sin embargo, aquello no era nada comparado con lo que le esperaba a la empresa a partir de entonces. Perdería su trabajo y se lo merecía. Una parte de ella, la más cuerda, había llegado a la conclusión de que no era culpa suya que De Rossi se hubiera fijado en Whittaker's o que el alocado plan de su padre para descubrir las intenciones de Dario no hubiera servido de nada. Sin embargo, se sentía muy culpable por haberse acostado con un hombre que había destruido lo que su familia había tardado varias generaciones en construir.

–En realidad, no tienes que hablar de ello. Ya lo sé –le dijo Katie mientras le agarraba la mano y tiraba suavemente de Megan hacia ella–. Papá está aquí. Se está comportando como un loco. Te ha dedicado toda clase de insultos horribles y acaba de despedir a Lydia. Acaba de ponerla de patitas en la calle.

–Oh, no... ¿Y te ha dicho algo sobre tus clases?

–Sí. También va a cerrar el grifo. Podrías haberme dicho que las pagaba él –observó Katie, aunque no parecía tan triste como Megan hubiera esperado.

–No te preocupes, Katie. Yo encontraré el modo de pagarlas...

–Olvídalo. Ya encontraré el modo de pagármelas yo misma. Créeme si te digo que esa es la menor de nuestras preocupaciones. Primero tendremos que ocuparnos de papá. Creo que ha perdido la cabeza. Y no estoy de broma. No hace más que despotricar sobre mamá, sobre ti, sobre De Rossi...Yo creo que se ha tomado algo. Es peligroso.

–¿Cómo?

–Traté de llamarte para advertirte, pero me saltaba constantemente el contestador.

Megan había apagado su teléfono móvil cuando se marchó del apartamento de Dario. No quería tener que seguir enfrentándose a la ira de su padre antes de que tuviera que hacerlo. Había retrasado lo inevitable aún más deteniéndose en una farmacia. La mirada de desaprobación que le dedicó el farmacéutico cuando le pidió la píldora del día después vestida con un arrugado traje de fiesta había sido más que suficiente para recordarle todas sus transgresiones.

–No te preocupes –murmuró Megan–. Papá está enfadado conmigo, eso es todo. He hecho algo que él nunca me perdonará... Ha perdido Whittaker's, pero te aseguro que no nos va a hacer daño a ninguna de las dos.

–No estés tan segura –susurró Katie. No hacía más que mirar hacia el salón, cada vez con gesto más frenético–. Por favor, es mejor que te marches. No dejes que te vea. Ya ha destrozado el salón. Tienes que salir huyendo y esconderte hasta que se calme. Yo puedo entretenerle. Casi no sabe que existo. No me hará daño, pero a ti...

–¡Megan, ven aquí ahora mismo!

Katie se echó a temblar al escuchar cómo la voz de su padre resonaba por el pasillo.

Cuando Megan echó a andar hacia el salón para enfrentarse a su destino, Katie se lo impidió agarrándole el brazo.

–No vayas, Meg. Por el amor de Dios. ¿Qué es lo que te pasa? Está trastornado.

–No está trastornado –dijo Megan, aunque efectivamente su padre sonaba bastante enajenado. Seguramente, el hecho de perder una empresa que había pertenecido a su padre y, antes, al padre de su padre, podría tener esa consecuencia–. Y no va a hacerme daño.

Su padre siempre se había mostrado distante con ellas, preocupado con la empresa, pero jamás les había levantado la mano a ninguna de las dos.

Se zafó de Katie y se dirigió hacia el salón. Se quedó atónita al entrar en el salón. Por una vez, Katie no había exagerado. La sala que Lydia Brady siempre había mantenido impoluta tenía el aspecto de haber sufrido el paso de un huracán. Todas las fotos estaban hechas pedazos contra el suelo. Una mesa estaba patas arriba y las flores frescas aplastadas en medio de un charco de agua y de cristales rotos. Sin embargo, lo que más le dolió fue que un hermoso cuadro de Katie estaba rasgado en el suelo.

Su padre estaba junto a la ventana, de espaldas a ella. Había esperado encontrarlo hundido, destrozado. Había estado dispuesta a disculparse profusamente e incluso ofrecerse a buscar algún tipo de solución si él quería. Sin embargo, cuando su padre se volvió, tenía los puños apretados a los lados. Su aspecto, que siempre era impoluto y perfecto, presentaba un aspecto desaliñado. No parecía ni triste ni enfadado. Parecía un loco con los ojos inyectados en sangre.

—Ya iba siendo hora de que la zorrita regresara a casa —dijo. Echó a andar hacia ella sin importarle pisotear el cuadro de Katie.

Megan dio un paso atrás. Su padre pasó junto a ella y cerró de un portazo la puerta del salón, dejando fuera a Katie. A continuación, apoyó una silla contra el pomo para que no se pudiera abrir desde fuera.

—¿Papá?

El miedo había empezado a apoderarse de ella. El golpe llegó inesperadamente, restallando en el aire como un disparo. Ella se tambaleó mientras que un dolor insoportable le explotaba en la mejilla.

—¡Zorra estúpida! Yo no soy tu padre. Os mantuve a las dos porque tenía que hacerlo...

Megan cayó al suelo de rodillas, ignorando el dolor de la mejilla y los cristales que se le clavaban en las manos. Su padre se acercó y la golpeó de nuevo, dándole un puñetazo en el hombro que la obligó a volver a caer. Con el pie, la empujó contra el suelo y luego agarró el bajo del vestido, que estaba manchado de sangre. ¿Era esa su sangre?

Un regusto metálico se le coló en la boca. No podía moverse. El vestido se le había enredado en las piernas. Podía oír los gritos de su hermana y los golpes que ella estaba dando contra la puerta.

—¡Megan! ¡Megan! ¡Respóndeme! ¿Te encuentras bien?

Megan trató de responder, pero no pudo pronunciar sonido alguno. El grito se le ahogó en la garganta. Mientras rodaba por el suelo, vio que su padre se sacaba el cinturón de los pantalones, que lo doblaba y que se golpeaba la palma de la mano con él, como si lo estuviera poniendo a prueba.

–Era la condición del maldito fideicomiso que os dejó la zorra de vuestra madre...

Hablaba lleno de amargura, pero con la voz tranquila, casi como si estuviera charlando. Sin embargo, en sus ojos había un brillo salvaje.

Katie tenía razón. Su padre se había vuelto loco.

–¡Voy a llamar a la policía! –gritó Katie desde el otro lado de la puerta–. ¡Aguanta, Megan! ¡Voy a buscar ayuda!

Oyó que Katie se alejaba de la puerta rápidamente. Luego, ya solo silencio.

Su padre agarró el echarpe que ella tenía asido con una mano y luego levantó el brazo. Ella se acurrucó hacia delante para no recibir el golpe en el rostro.

El dolor le desgarró la espalda. El cuero del cinturón le mordió un hombro. Ella levantó las manos para tratar de protegerse la cabeza y el cinturón le cortó la piel del brazo.

–Por favor, para –le suplicó ella, pudiendo hablar por fin.

–Te lo mereces, Lexy –replicó él, pronunciando el nombre con el que llamaba a su madre–. Tú me has hecho esto.

Megan se encogió sobre sí misma para tratar de escapar a la descarga de golpes. Los gruñidos de su padre por el esfuerzo. Los brutales golpes del cuero contra la piel. El olor de la sangre mezclado con el de limón que emanaba del suelo. De repente, nada. Oscuridad.

El rostro de Dario apareció. Su recuerdo era tan claro...

«¿Qué es lo que me haces?».

El dolor que sintió en el corazón fue lo último que sintió antes de caer inconsciente, lejos de la agonía, de los gritos de su padre pronunciando el nombre de su madre una y otra vez, en un lugar en el que nadie podría encontrarla. A menos que ella lo deseara.

Capítulo 6

¿**P**ODRÍA informar a la señorita Megan Whittaker de que estoy aquí para verla? –le anunció Dario a la recepcionista del edificio.

No le gustaba el modo en el que Megan había salido huyendo. Necesitaba volver a hablar con ella. No había hecho ninguna de las cosas que él había esperado que hiciera. Había esperado genio, reproches e incluso que tratara de hacer que él se sintiera culpable por haberle ocultado la verdad. Había estado preparado para todo eso y había tenido argumentos a mano para explicarle, sensata y tranquilamente, por qué se había equivocado en lo que había ocurrido entre ellos.

Sin embargo, la reacción de Megan no había sido la esperada. Y Dario no se podía quitar la imagen de ella, con aspecto derrotado y furioso, de la cabeza. Sabía que era una tontería que él se sintiera culpable. Realmente, no tenía nada por lo que sentirse mal. A pesar de todo, no podía quitarse de encima la sensación de que, al menos, le debía una visita.

El recuerdo de sus gemidos de placer, de sus suspiros, de su cuerpo tan dulce y confiado acurrucado entre sus brazos a lo largo de toda la noche no le permitía dejar que todo terminara de aquella manera.

No tenía que explicarse. Los dos eran adultos y mayores de edad. Todo lo que habían hecho juntos durante aquella noche había sido darse placer mutuamente. No obstante, se sentía responsable.

–Lo siento, señor. Nadie responde en el apartamento –dijo la recepcionista frunciendo el ceño–. Y es raro porque vi subir a la señorita Whittaker hace diez minutos y sé que el señor Whittaker y Katie también están arriba.

–Inténtelo de nuevo –le ordenó. No tenía un buen presentimiento.

Algo no iba bien. De repente, el ascensor sonó y de él salió una chica vestida con unos vaqueros y una camiseta.

–¡De Rossi! –gritó al verlo mientras echaba a correr hacia él–. ¡Tienes que ayudarla! ¡Va a matarla y todo es culpa tuya!

La joven le agarró del jersey. Tenía los ojos llenos de miedo. Eran verdes, como los de Megan, y parecían atravesarle el alma.

–¿Quién eres tú? –le preguntó mientras se dirigía tras ella hacia el ascensor. No tardó en imaginárselo. Se le puso el vello de punta.

–¿Qué es lo que ocurre, Katie? –le preguntó a gritos la recepcionista, confirmando así que la aterrorizada muchacha era Katie, la hermana menor de Megan.

Dario echó a correr y comenzó a apretar el botón del ascensor antes de que pudiera llegar la muchacha, que estaba contestando a gritos a la recepcionista.

–¡Llama a la policía, Marcie! ¡Y a una ambulancia!

–¿Qué piso? –preguntó Dario mientras los dos entraban juntos al ascensor. El miedo se había apoderado de él. El recuerdo de otro tiempo, de otro lugar, también.

La hermana de Megan apretó el botón ella sin responder y siguió apretando hasta que las puertas se cerraron. Las lágrimas le caían abundantemente por las mejillas.

–Deprisa, deprisa –repetía sin parar.

–Tranquilízate –le dijo Dario mientras le agarraba los hombros y el ascensor comenzaba a subir hasta la décima planta. El miedo de la muchacha le obligó a olvidarse de sus recuerdos.

Ella se desmoronó sobre su pecho y se le agarró a la cintura. Le temblaba todo el cuerpo.

–Gracias a Dios que estás aquí... No podía conseguir que funcionara el teléfono del apartamento...

Dario le colocó las manos sobre los delgados hombros y la apartó. La fe ciega de aquella muchacha en él le resultaba tan perturbadora como su irracional miedo.

–Cuando lleguemos, tienes que enseñarme dónde están.

–Ha cerrado la puerta y no podía entrar.

El ascensor llegó por fin a la décima planta. Katie salió corriendo del ascensor y se dirigió a la puerta del apartamento, que había dejado abierta. Dario oyó primero los ruidos, los golpes sordos. Echó a correr por el pasillo y abrió la puerta que la muchacha le indicó de una patada.

La madera se hizo añicos y la puerta se abrió de par en par. El fuerte ruido asustó al hombre que estaba en el interior de la sala, con el puño levantado y un cinturón enrollado a su alrededor.

Lloyd Whittaker.

Entonces, Dario vio a Megan acurrucada en posición fetal a los pies de Whittaker. Su mente se bloqueó. El horror se apoderó de él de tal manera que le resultó imposible respirar. No podía escuchar nada más que los gritos aterrados en el interior de su propia cabeza.

«¡Despiértate, mamá! ¡Por favor, despiértate, mamá!».

–¡Megan!

El grito que resonó a sus espaldas lo sacó de su inmovilidad. El miedo se vio reemplazado por una rabia brutal que borró todo lo que había a su paso hasta que ya no pudo ver a Lloyd Whittaker o a la mujer que había tenido entre sus brazos toda la noche. Lo único que podía ver era al hombre al que se había enfrentado tantas veces en sus pesadillas.

Le pegó un puñetazo a Whittaker en la mandíbula tan fuerte que el dolor se le hizo eco por todo el brazo. Whittaker se tambaleó y cayó. Dario sintió deseos de ponerse encima de él, de seguir golpeándolo hasta destrozarle el rostro, pero un suave gemido, parecido al de un animal herido en una trampa, lo detuvo en seco.

Vio cómo Katie se arrodillaba junto a su hermana. El hermoso vestido de Megan, el que él le había quitado la noche anterior, estaba rasgado. El cinturón de Whittaker había cubierto de marcas rojas la deliciosa piel de los hombros y de la espalda.

–Está herida –gritó Katie desesperada–. Le ha pegado... Le odio...

Los gritos de Katie lo sacaron de su ensimismamiento. Dario se arrodilló al otro lado de Megan y la tomó entre sus brazos. Tenían que bajar a Megan al vestíbulo del edificio hasta que llegara la ambulancia. Necesitaba atención médica.

«Ave María...».

Comenzó a rezar a la madre de Jesús, la oración que tantas veces le había recitado su propia madre mientras llevaba a Megan a través del destrozado apartamento.

«Esto no es culpa tuya. No eres responsable del comportamiento de un loco».

Se repetía una y otra vez aquellas palabras. Tenía la garganta seca, los nudillos en carne viva y los brazos temblorosos por la fuerza que estaba utilizando para mantener bajo control sus oscuros pensamientos.

Cuando ya estaban en el ascensor, Megan se rebulló entre sus brazos.

Dario dio gracias a Dios y a todos los santos.

–*Cara*, ¿me oyes? –le preguntó dulcemente.

Ella abrió ligeramente los ojos. La terrible marca que le enrojecía la mejilla enardeció aún más su ira y su dolor.

–*Stai bene, piccola*? –le preguntó. Ansiaba saber si se encontraba bien.

–*Grazie* –susurró ella con una débil sonrisa. Hizo un gesto de dolor y volvió a cerrar los ojos.

El fuerte sentimiento de culpabilidad que él había estado conteniendo tan cuidadosamente le atravesó despiadadamente el corazón.

Capítulo 7

LA PACIENTE está en coma inducido, señor De Rossi. La tomografía no ha ofrecido resultados concluyentes y queremos asegurarnos de que no hay inflamación en el cerebro como consecuencia de los golpes que recibió durante el ataque.

Dario odiaba los hospitales. El olor a desinfectante le resultaba casi tan turbador como la sensación de impotencia. Llevaba esperando casi veinte minutos para ver al médico y su autocontrol había estado en el filo de la navaja desde que los paramédicos se llevaron a Megan del vestíbulo hacía tres días.

Después de ver cómo atendían a Whittaker también y se lo llevaban esposado, se pasó horas reunido con su equipo de abogados y con la policía para asegurarse de que todos los cargos de agresión contra él fueran retirados. A continuación, se pasó horas siendo interrogado como testigo de la agresión de Whittaker a su hija. Después de eso, se había visto obligado a dar una rueda de prensa. La noticia se había filtrado ya en Internet, junto con las fotografías de Megan y de él bailando en el Westchester y su posterior salida. Todo ello había levantado ya mucha especulación sobre cómo Megan había terminado en el hospital a la mañana siguiente y su padre arrestado.

En cuanto terminó la rueda de prensa, lo primero en lo que pensó Dario fue en ir a ver a Megan al exclusivo hospital privado en Murray Hill, adonde él había insistido que la trasladaran para evitar el acoso de la prensa. Sin embargo, se había obligado a no ceder a aquella instintiva reacción.

Visitar a Megan en el hospital solo incrementaría las especulaciones de la prensa sobre ellos. Megan y él no eran pareja. Desde el principio, lo suyo solo iba a ser una aventura de una noche. A pesar del horror del ataque y de su propia implicación en él, no era responsable de ella.

Sin embargo, después de esperar durante tres tortuosos días noticias sobre la recuperación de Megan, la paciencia de Dario se había agotado. Quería saber qué era lo que estaba pasando, dado que los informes que le llegaban resultaban poco concluyentes e incluso contradictorios. Megan ya debería estar despierta y lúcida...

Desgraciadamente, la decisión de ir al hospital no le había ayudado a calmarse en lo más mínimo. Se había encontrado bloqueado por un muro de batas blancas y de jerga médica, del que la doctora Hernández había sido la gota que había colmado el vaso.

—Deseo verla —insistió él.

La verdad era que necesitaba verla para asegurarse de que estaba bien. Aquella mirada perdida, la mejilla magullada, el labio ensangrentado y las marcas del cinturón en los hombros llevaban días atormentándolo. Necesitaba tocarla y sentir su cálida piel bajo los dedos para poder volver a respirar.

—Su hermana es la única visita autorizada, señor De Rossi.

—¿Está Katie con ella en estos momentos?

—No. Insistí en que se marchara a casa a descansar.

—¿Entonces Megan está sola?

—La señorita Whittaker está inconsciente y seguirá así hasta que decidamos si la sacamos del coma inducido a última hora de hoy –le explicó la doctora sin pasión alguna–. Pero cuando eso ocurra solo voy a autorizar a los familiares cercanos para que la visiten.

–Yo pago su tratamiento. Insisto en verla.

La doctora Hernández se irguió todo lo que su corta estatura le permitía y le dedicó una fiera mirada. No parecía en absoluto intimidada por la presencia de Dario.

–No se trata de lo que usted quiera, señor De Rossi, sino de lo que sea mejor para mi paciente.

–¿Y dejarla sola es lo mejor para ella? –le preguntó él. Aquella mujer no la había visto acurrucada en el suelo como una niña aterrorizada.

–Eso no cambia el hecho de que usted no es pariente de ella, señor De Rossi. No puedo autorizar una...

–Estamos prometidos –dijo él de repente, aferrándose al único vínculo plausible que se le ocurrió para conseguir el acceso que necesitaba–. Y hasta que no la vea no voy a marcharme de aquí. ¿Cambia eso las cosas?

La doctora suavizó la expresión de su rostro y suspiró.

–Está bien, señor De Rossi. Podrá verla cuando se despierte, pero aún falta para eso.

–Esperaré.

La doctora se metió las manos en los bolsillos de la bata. La mirada de compasión enojó aún más a Dario.

–¿Por qué no se va a casa primero y descansa un poco? Parece agotado. Su prometida podría tardar varias horas en despertarse.

Aquella palabra tan romántica le sobresaltó, pero decidió ignorarlo. Ver a Megan era la única manera de librarse de la ansiedad que llevaba alojada en la boca del estómago desde el día de la agresión.

–Y yo tengo la intención de estar aquí cuando eso ocurra.

Si regresaba al ático, los recuerdos de aquella noche lo estarían esperando. Recuerdos de los que parecía incapaz de librarse. Los dulces suspiros de placer, las horas de caricias y de tentaciones. Lo peor sería si cerraba los ojos. Las pesadillas lo perseguirían. La vería de nuevo magullada y apaleada. Sentiría el peso muerto de su cuerpo en los brazos de nuevo, como cuando la llevó al ascensor.

–En ese caso, siéntese antes de que se desmaye –le recomendó la doctora mientras le indicaba los sillones de la sala de espera.

–No me voy a desmayar –afirmó él.

–Me alegro, porque no tengo intención alguna de sostenerle –replicó la doctora. Le agarró del codo y le llevó hasta el sillón que le había indicado–. Lo que la señorita Whittaker necesita más en estos momentos es descansar. Ha sufrido un trauma terrible.

–Lo comprendo. Por eso tengo intención de quedarme.

–Supongo que no puede hacer ningún daño tener a sus seres queridos cerca...

Cuando ella se marchó, Dario se revolvió el cabello y se agarró la cabeza. Había dicho lo que tenía que decir para conseguir el acceso que necesitaba. Tenía que asegurarse de que Megan estaba bien y de que Whittaker pagara por su delito. Entonces, podría olvidarse de la agresión y volver a dormir decentemente.

Su teléfono vibró. Se lo sacó del bolsillo y observó la lista de llamadas perdidas y de mensajes. El de Jared Caine le llamó la atención.

He visto las noticias. Muy bien hecho lo de dejar a ese canalla inconsciente, colega. Ya sabes dónde estoy si me necesitas.

El breve mensaje le provocó un nudo en el pecho. Seguramente tenía que ser agotamiento.

Jared y él eran amigos desde hacía mucho tiempo, diez años para ser exactos. Una oscura noche de lluvia, en el West Village, cuando Dario era un joven empresario de veintiún años, con una empresa que estaba dando sus primeros pasos para tratar de hacerse un hueco en Wall Street y Jared un delincuente de quince años que trató de robarle la cartera a otro que lo había sido.

Dario se hizo cargo de Jared desde aquella noche porque el cinismo del muchacho y su sed de convertirse en algo mejor en la vida, junto a una mirada de una persona más mayor, le habían recordado a Dario a sí mismo.

A lo largo de la última década, Jared se había forjado su propio camino y se había convertido en un reputado consejero de seguridad que contaba cada vez con más clientes. Dario contaba con la amistad y la lealtad de su amigo.

En realidad, en aquellos momentos le iría bien la ayuda profesional de Jared, porque su amigo dirigía una de las mejores empresas de seguridad privada y de investigación de toda la ciudad.

Dario le envió un mensaje para pedirle que se reunieran lo antes posible para hablar del caso Whittaker. Quería conseguir que el padre de Megan recibiera la mayor condena posible y, aunque confiaban plenamente en la policía de Nueva York, ellos no tenían los recursos de los que él disponía.

Había visto la mirada de los ojos de Whittaker antes de pegarle el puñetazo. Sabía exactamente lo que aquella mirada vidriosa y salvaje significaba. Si el presidente de Whittaker's tenía una adicción que había conseguido mantener oculta, sin duda podría haber otras cosas que podrían utilizar para crucificarle.

Jared no tardó en responder.

Me pondré manos a la obra. Luego ya quedaremos en mi casa. Más íntimo.

Dario sintió que se le aliviaba la tensión del pecho. Apoyó la cabeza sobre el sillón y se relajó, aunque parpadeó para sacudirse el sopor. No dormiría hasta que no hubiera visto a Megan y supiera de una vez por todas que ella se encontraba bien.

Solo entonces podría sacarse de la cabeza aquella imagen de ella, acobardada a los pies de Whittaker, apaleada y magullada.

Capítulo 8

PODÍA escuchar voces. La primera fue la de su hermana.

–Meggy, por favor, regresa, tienes que despertarte ahora.

Notó el pánico en su voz, pero aún no quería regresar. ¿Acaso no se podía quedar donde estaba?

Entonces, escuchó otra voz, mucho más profunda y más firme, que no suplicaba. Insistía.

–Abre los ojos para mí, *cara*.

Megan frunció el ceño. Quería mostrarse un poco enojada. ¿Por qué tenía que regresar? Quería quedarse allí, donde se sentía mucho mejor. Sin embargo, aquella voz resultaba tan significativa, tan especial... Sonaba tan segura, tan seductora...

El hormigueo que sentía en los dedos fue convirtiéndose en algo más. En una oleada de sensaciones. La calidez se le extendió por la mano y, entonces, abrió los ojos.

«¿Dario?».

Se sonrojó al recordar aquella boca tan seductora sobre la de ella. ¿Por qué tenía un aspecto tan diferente a la última vez que lo vio, en su ático, después de que hicieran el amor?

Entonces también tenía el cabello alborotado, pero en aquel momento lo tenía hecho una pena. Tenía la barba de varios días y sus ojos... Antes no tenía unas ojeras tan profundas...

–*Ciao*, Megan. *Come va*? ¿Cómo te encuentras? –le tradujo él inmediatamente con una sonrisa.

Sí. Recordaba aquella sonrisa tan sensual. El calor se le asentó en el abdomen y trató de hablar. Sin embargo, solo pudo pronunciar un ronco sonido.

Él le tomó la mano y se la llevó a los labios. El pinchazo de la barba en los nudillos le hizo consciente de otros dolores varios. Muchos en realidad. ¿De dónde habían salido? Recordaba que le dolía después de que hicieran el amor, pero no tanto...

–¿Agua? –le preguntó él.

Megan asintió.

Dario la ayudó a incorporar la cabeza y le llevó un vaso a los labios, ayudándola con la pajita. Ella dio un sorbo y el agua le alivió la sequedad de la garganta. ¿Por qué tenía tanta sed?

–¿Estás bien?

–Sí –respondió ella a pesar de todos los inexplicables dolores que sentía–. ¿Dónde estamos? ¿Es este tu dormitorio?

¿No la había llevado Dario arriba? Estaba segura de ello. Recordaba el tacto de los dedos sobre la piel, la fuerza del agua de la ducha y la suavidad de las sábanas de algodón egipcio. Sin embargo, todo lo demás eran retazos. Además, aquello no le parecía el dormitorio de Dario. El agobiante aroma de las rosas y el persistente sonido de algo que goteaba la confundía.

–Estás en el hospital –dijo él mientras colocaba el vaso sobre la mesilla.

–¿Sí? ¿Por qué? ¿Acaso he tenido un accidente?

–¿Es que no te acuerdas? –le preguntó él.

–No... Recuerdo estar contigo y...

Megan no supo si continuar. Dario parecía preocupado y ella no quería que fuera así. No quería que él pensara ni por un segundo que no había disfrutado. Al principio le había dolido un poco, pero después había sido increíble. Quería que él lo supiera...

–Recuerdo que fue maravilloso. Tú fuiste maravilloso, pero nada más –susurró. ¿Qué le habría ocurrido? ¿Se habría caído en la ducha o por las escaleras?–. ¿Qué accidente tuve? –insistió al ver que él no respondía y que la miraba como si estuviera buscando algo. Algo muy importante.

–Meg, estás despierta –dijo la voz emocionada de Katie apareciendo de repente en el campo de visión de Megan.

Dario empezó a hacerse a un lado para dejar sitio a Katie, pero, cuando trató de soltarle la mano, Megan se la agarró con fuerza.

–No. No te vayas.

Aún no quería soltarle. Le gustaba tenerlo allí. Algo oscuro y tenebroso parecía estar acechándola y ella no quería que se acercara más. Con Dario a su lado, sujetándole la mano, sabía que lo conseguiría. Él era una fuerza de la naturaleza y, fuera lo que fuera lo que la acechaba, Dario no permitiría que se acercara. Él la apreciaba. Megan lo sabía. Lo había notado en su voz cuando, en sus recuerdos, él le decía que todo iba a salir bien.

Dario le apretó la mano con fuerza.

–¿Qué ocurre, *cara*?

–¿Podrías quedarte a mi lado?

Él dudó un instante, pero volvió a sentarse sin soltarle la mano.

–Si quieres...

Megan veía a Katie también. Notó que su hermana la miraba asombrada, pero no le importó. Sabía que tendría que hablarle de Dario y de todo lo que había ocurrido la noche anterior después del baile en el Westchester porque era imposible ocultarle nada a su hermana. Sin embargo, prefería que Katie sacara sus propias conclusiones porque, en realidad, no estaba segura de qué era lo que había ocurrido, a excepción de que había sido maravilloso. Tener a Dario mirándola de ese modo, como si fuera a mantenerla a salvo de todos los peligros, era suficiente para aliviar todos los dolores de su misterioso accidente.

Junto con aquello oscuro y temible que la acechaba desde las sombras.

Una mujer de baja estatura, con rasgos hispanos y un rostro muy amigable, se acercó a la cama y se presentó como la doctora Hernández. Comprobó el pulso de Megan y le examinó los ojos con una linterna. Luego le habló en voz muy baja, preguntándole sobre su edad y su nombre, sobre quién era Katie, sobre su dirección y año en el que estaban. Entonces, le preguntó si recordaba a Dario. Contestó inmediatamente que por supuesto que lo recordaba y se sonrojó débilmente.

Por suerte, la luz de la habitación era muy suave. Si no, aquel interrogatorio se habría convertido en algo muy incómodo, en especial porque Katie estaba allí escuchándolo todo.

Entonces, las preguntas le resultaron más confusas.

—¿Se acuerda de su relación con el señor De Rossi?

Sintió que Dario le apretaba la mano y tensaba la mandíbula.

—Yo...

No estaba segura de cómo responder, pero él estaba allí, sujetándole la mano, por lo que tal vez no le importaría que lo mencionara.

—Somos amantes —dijo.

—¿Recuerda usted que está comprometida con el señor De Rossi?

«¿Cómo?».

—¿Qué? ¿En serio? —preguntó Katie haciéndose eco de los confusos pensamientos de Megan—. Debe de ser una broma...

¿De verdad? ¿Estaban prometidos? Eso resultaba muy... sorprendente. Megan no recordaba los detalles exactos, pero... ¿no se acababan de conocer la noche anterior?

Sin embargo, Dario siguió agarrándole con fuerza la mano y él no se apresuró a negar nada. El gesto de su rostro parecía reservado, pero intenso.

A pesar de que era incapaz de recordar haberse enamorado de Dario, lo que probablemente estaba mal, estar prometida con él o haber conseguido que él se enamorara de ella le parecía algo bueno. Al menos no era malo. Le hacía sentirse protegida, cuidada, tal y como no se había sentido desde que era una niña y su madre...

Estar con él para siempre... Eso también le resultaba muy agradable. Aparte de protegerla, él le daría muchos más momentos de pasión que lo que podía recordar de la noche que pasaron juntos y en la que parecía que habían ocurrido muchas cosas.

En realidad, todo era bueno, a excepción de lo de no recordar más. Sin embargo, lo iría recordando poco a poco. Seguramente, ninguna mujer se olvidaría de estar enamorada de Dario de Rossi durante mucho tiempo...

–Yo...

Se interrumpió. No quería mentir a Dario, pero tampoco quería herir sus sentimientos. Si estaban prometidos, debía de haber accedido a ello.

–Creo que lo recuerdo...

–¿Recuerda usted algo de su padre? ¿Sobre lo que ocurrió?

Los pensamientos le bullían en la cabeza. No eran pensamientos felices en aquella ocasión, sino sentimientos discordantes, dolorosos. El pánico se apoderó de ella y comenzó a temblar. Empezó a escuchar un zumbido que fue haciéndose cada vez más persistente.

–Yo no... –musitó. No podía hablar. Una figura oscura, terrible, la acechaba desde cerca, amenazándola desde su visión periférica–. No quiero pensar en eso...

No sabía por qué, pero intuía que pensar en su padre sería malo.

–Tranquila, Megan –le dijo Dario acercándose a ella sin soltarle la mano. Entonces, le apartó el cabello de la frente y con la intensidad de su mirada le quitó el miedo–. No pasa nada. Mírame, *cara* –añadió. Le agarró la barbilla entre los dedos y la obligó a concentrarse en él–. Estás bien. ¿Lo comprendes?

Aquellas palabras se hicieron eco en su corazón y la envolvieron como un manto cálido y suave que era capaz de mantenerla a salvo.

–Sí, pero no te vayas...

–No lo haré. Te lo prometo...

–Relájese, Megan –le dijo la doctora–. Voy a darle algo que la ayudará con eso.

Sintió un cálido cosquilleo en la vena, que fue extendiéndosele por el brazo y envolviéndola en una hermosa nube. Comenzó a flotar en ella, aliviada por la mano de Dario y su voz diciéndole que todo iba a salir bien.

Se aferró a aquella mano. Sabía que aquello sería cierto mientras no le dejara marchar.

–¿Qué es lo que le ha pasado? –le preguntó Dario a la doctora Hernández mientras salía detrás de ella–. ¿Cómo es posible que no recuerde nada de la agresión? –insistió mientras la doctora se detenía junto al puesto de enfermeras.

–Su prometida ha sufrido un trauma emocional y físico muy grave, señor De Rossi –contestó la doctora mientras anotaba algo en el informe de Megan–. Es posible que haya decidido olvidar los acontecimientos ocurridos desde aquel instante. La buena noticia es que le recuerda a usted y su compromiso. Su presencia la ha tranquilizado considerablemente, lo que resultará muy útil en las semanas y meses siguientes mientras se recupera.

«Meses». Dario no podía responsabilizarse de ella durante meses. Ni siquiera era su prometido de verdad. Sabía que debería confesárselo a la doctora Hernández, pero recordar cómo Megan se aferraba a su mano y lo miraba a los ojos con tanta confianza le impidió hacerlo.

Hasta que Megan volviera a encontrarse bien y hubiera recuperado todos sus recuerdos, estaría completamente indefensa.

—¡No me puedo creer que le pidieras que se casara contigo después de una noche! —exclamó Katie apareciendo de repente a su lado—. Menuda noche tuvo que ser...

El escepticismo de la muchacha estaba plenamente justificado, pero la mirada de asombro lo enojó ligeramente.

—Tu hermana es una mujer notable —dijo.

—Eso ya lo sé, pero me sorprende que lo sepas tú —replicó Katie—. Él no lo supo nunca —añadió con amargura.

—Yo no soy tu padre —le espetó Dario. La comparación le molestaba—. Le tengo mucho cariño a tu hermana.

—Ya lo supongo. Si no, no le habrías pedido que se casara contigo —replicó Katie sin sonar convencida—. Sin embargo, no me pareces la clase de hombre que se enamora perdidamente en el transcurso de una noche.

—¿Y quién ha dicho nada de amor? —replicó Dario algo molesto. No necesitaba que una adolescente lo interrogara—. Megan y yo nos llevamos bien. Y ella comprende que este compromiso es de conveniencia.

O lo comprendería muy pronto, tan pronto como Megan recuperara la memoria y él pudiera romperlo.

Sin embargo, hasta entonces, Dario tendría que mantener aquella ficción. No podría dejar a Megan tan vulnerable.

Tenía que considerarse la investigación policial, el posterior juicio y, además, el acoso de la prensa. Los paparazzi llevaban apostados en el exterior del hospital desde hacía días. ¿Cómo podía dejar a la mujer que le había agarrado la mano con tal temor en los ojos enfrentarse a todo aquello en solitario?

–No te creo –replicó Katie–. Bajo todo su pragmatismo y habilidad para los negocios, Megan es una romántica. Si ella accedió a casarse contigo, debía de pensar que estaba enamorada de ti.

–Ella necesita a alguien que la proteja. Yo tengo dinero y recursos para hacerlo hasta que se encuentre bien. Ella lo comprende.

Megan le había parecido desde el principio una mujer práctica, astuta e inteligente. Tal vez tenía una laguna mental en lo que se refería a su padre, pero, a pesar de la fragilidad de su estado mental, debía de haber tomado la decisión de estar de acuerdo con la mentira de Dario, aunque fuera inconscientemente. A pesar de su problema de memoria, no podía acordarse de una propuesta de matrimonio que no existió nunca.

Recordó el tacto de su mano, aferrándose con fuerza a la de él, mientras le suplicaba que no la dejara. Otro recuerdo surgió de su consciencia y le provocó un nudo en el pecho.

«Por favor, sálvame, Dario».

Él respiró profundamente y se obligó a dejar a un lado aquella dolorosa imagen de su pasado. Tenía que concentrarse en el presente. No podía abandonar a Megan hasta que ella estuviera bien.

–Lo siento. No sé por qué me estoy metiendo contigo –dijo Katie. La luz del fluorescente se le reflejó en las oscuras ojeras que tenía en el rostro. Estaba agotada–. Yo soy la que la dejó entrar en ese salón...

–No sirve de nada que te culpes de eso –replicó él dándole una palmadita en el hombro–. Deberías marcharte a casa. Yo me quedaré y me aseguraré de que todo esté bien. Hablaremos por la mañana.

Katie lo miró durante un instante y luego se volvió hacia la puerta de la habitación de Megan. Resultaba evidente que no sabía qué hacer. Dario comprendió el fuerte vínculo que había entre las dos hermanas, a pesar de lo diferentes que eran. Haría bien en no olvidarlo.

–En estos momentos, no hay mucho que ninguno de los dos podamos hacer...

–Está bien. Supongo que ella confía en ti. Efectivamente, tú le salvaste la vida.

Aquellas palabras, que deberían haberle supuesto una pesada carga, lo dejaron aliviado. Observó cómo se marchaba Katie. Mientras tuviera el control de la situación, podría resolverlo para satisfacción de todos.

–Doctora Hernández... –dijo dirigiéndose de nuevo a la doctora, que había estado realizando sus anotaciones en el informe de Megan mientras Katie y él hablaban–, ¿me puede decir cuándo va a recuperar la memoria Megan?

–Me temo que no. La medicina no es una ciencia exacta, señor De Rossi. Realizaremos algunas pruebas y haremos que la vea un psiquiatra para averiguar todo lo que podamos sobre su amnesia. Si no hay daño neurológico, supongo que Megan empezará a recordar todo lo ocurrido con más detalle cuando se encuentre emocionalmente más fuerte para enfrentarse a ello.

–Haga todo lo que ella necesite. El dinero no es problema –afirmó él.

–Sea como sea, podrá marcharse del hospital dentro de una semana aproximadamente. Sus heridas físicas están curándose bien y ella podrá recuperarse mucho mejor en su casa.

Dario maldijo en silencio. Por supuesto, la doctora tenía razón, pero ¿qué clase de entorno familiar tenía Megan? No podía regresar a su apartamento, porque había sido expropiado en el momento en el que Whittaker fue detenido y se reveló el estado de su economía. Además, era el lugar en el que se había producido el ataque. Katie se había instalado en el apartamento de la antigua ama de llaves de las chicas en Brooklyn, tras rechazar la ayuda económica de Dario. Sin embargo, Megan no podía trasladarse allí. Era demasiado pequeño y no la podría proteger del acoso de la prensa. Necesitaba un lugar alejado de los medios.

—Por cierto, señor De Rossi —dijo la doctora sacándole de sus pensamientos—. Usted mencionó la posibilidad de que Megan pudiera estar embarazada. Hemos hecho la prueba pertinente y el resultado es negativo.

Dario se sintió profundamente aliviado. Efectivamente, había pedido que le hicieran la prueba hacía algunas horas, cuando su cabeza empezó a funcionar bien y se dio cuenta de que Megan no tuvo tiempo de ocuparse de aquel asunto antes de que su padre la atacara. Por fin una buena noticia.

Sin embargo, antes de que pudiera relajarse del todo, la doctora añadió:

—Por supuesto, siempre existe una ligera posibilidad de un falso negativo si el embarazo es de muy pocos días. No obstante, es poco probable.

¿Un falso negativo? ¿Qué demonios significaba aquello?

Capítulo 9

EH, TÍO. No te esperaba esta noche –dijo Jared bostezando para luego mirar a Dario con los ojos entreabiertos.

Dario miró el reloj e hizo un gesto de arrepentimiento. Eran las dos de la mañana.

–Lo siento. No me había dado cuenta de la hora que era.

–No pasa nada. Entra –repuso Jared. Abrió la pesada puerta de su loft vestido tan solo con unos pantalones de chándal–. ¿Quieres una cerveza? –añadió.

Seguramente no debería haber ido a ver a Jared a esas horas de la madrugada, pero, por primera vez en su vida, Dario necesitaba ayuda y confidencialidad total. Jared era la única persona en la que confiaba hasta aquel extremo. Él era lo más cercano que tenía a una familia, a un hermano. Había estado andando desde hacía un par de horas, desde que dejó a Megan en el hospital, tratando de encontrar una solución.

–Tienes un aspecto terrible –comentó Jared mientras abría una botella de cerveza y se la entregaba a Dario.

–Han sido cuatro días muy largos –replicó él antes de darle un trago a la cerveza.

¿De verdad habían pasado solo cuatro días desde la noche en la que tuvo a Megan en sus brazos, dulce y maravillosa gimiendo de placer?

Dio otro trago a la cerveza y trató de ignorar el inevitable calor. Tenía que dejar de torturarse con pensamientos de aquella noche, porque no iba a volver a tener a Megan en sus brazos. El único modo de reconciliarse con su conciencia era no acostarse con ella. Megan estaba muy frágil emocional y físicamente. Por lo tanto, hasta que estuviera completamente recuperada, Dario ni siquiera consideraría hacerle el amor. Tragó saliva y se corrigió. Volver a acostarse con ella.

Y ni siquiera entonces. Ella era confiada e inocente y aquella situación se había vuelto demasiado compleja. Prefería las mujeres que conocían lo que él ofrecía para poder mantener su vida sexual con una serie de aventuras superficiales y breves. Megan había pasado a formar parte de su vida como no lo había hecho ninguna otra mujer nunca antes y las circunstancias habían hecho el resto. Todo ello le hacía sentirse muy incómodo.

—Sí, ya me lo había imaginado por lo que he oído en las noticias. ¿Cómo está tu reciente prometida?

Dario se atragantó al escuchar aquellas palabras. Jared le dio una fuerte palmada en la espalda.

—¿Ya lo sabe la prensa? —consiguió decir Dario por fin.

Alguien del hospital debía de haber filtrado la noticia, razón de más para sacar a Megan de allí e incluso de la ciudad, en cuanto estuviera bien para poder viajar.

—Entonces, ¿es cierto? ¿Estáis prometidos?

—Sí —dijo Dario.

—¿Quieres decirme cómo ha ocurrido eso?

—Es complicado, Jared.

—Ya me lo había imaginado —comentó Jared mientras le indicaba con su botella de cerveza los sofás que delimitaban la zona de relax del apartamento—. Vamos a sentarnos.

Jared tomó asiento en uno de los sofás y esperó hasta que Dario hizo lo mismo y se decidiera a empezar a hablar. La presencia de Jared ayudó a calmar los nervios de Dario, pero le sorprendió su deseo de explicarle a su amigo todo lo ocurrido.

Nunca hablaba con nadie de su vida privada. Había sido muy reservado desde que tenía ocho años. Se había obligado a serlo. Había aprendido que apoyándose en otras personas y confiando en ellas se convertía en un ser débil. Sin embargo, su vida personal no había sido nunca tan complicada, al menos desde que tenía ocho años.

–Megan no recuerda lo que ocurrió con su padre –dijo por fin–. Le han hecho pruebas y han consultado a uno de los mejores psicólogos de Nueva York y a un especialista en traumas neurológicos de Baltimore, que es el mejor en su campo. No creen que la pérdida de memoria tenga nada que ver con el golpe que recibió en la cabeza, que tampoco fue demasiado grave, sino que tenga más bien que ver con el trauma emocional. Una especie de síndrome postraumático. Un hombre al que Megan quería y en el que confiaba se volvió contra ella como un animal. Por eso, ha decidido olvidarlo.

Dario había resuelto que solo había una cosa que podía hacer. No importaba que complicara su vida durante un tiempo. Ver la angustia de Megan cuando la doctora Hernández mencionó a su padre y el terror que se reflejó en su mirada, había despertado algo dentro de él, algo que no podía negar. Ella se había aferrado a su mano como si fuera el único objeto sólido en medio de un huracán. Ella lo necesitaba y Dario no podía abandonarla.

–Ya veo a lo que te refieres con lo de complicado...

–Ella necesita descanso y el menor estrés posible, según los médicos. El acoso de la prensa aumentará cuando Whittaker sea acusado. Creo que lo mejor es que la saque del país. Si es mi prometida, tengo capacidad de hacerlo y lo haré para mantenerla a salvo y protegida hasta que se recupere.

–¿Sí? Entonces no es un compromiso real. ¿Lo sabe ella?

–Tal vez sí, tal vez no. Sin embargo, lo ha aceptado sin preguntar nada, así que no importa.

–Está bien –dijo Jared aceptando por completo el razonamiento de su amigo.

Por supuesto, Dario no había esperado que Jared le cuestionara. Su amigo era aún más cínico sobre las relaciones personales que él. Por lo que Dario sabía, Jared no había tenido la misma amante durante más de una noche. La alta sociedad de Manhattan estaba repleta de corazones destrozados de mujeres de las que Jared se había deshecho antes de que pudieran significar algo para él. Dario sospechaba que aquel aislamiento emocional tenía que ver con la infancia de Jared o, mejor dicho, con la falta de infancia, pero jamás le había preguntado. Del mismo modo, él no había preguntado sobre las marcas de quemaduras de cigarrillos en los antebrazos de su amigo, que ya apenas eran visibles, ni sobre las otras cicatrices que se habían ido borrando a lo largo de los años transcurridos desde que le ofreció pasar la noche en su apartamento antes de entregar a un muchacho sin hogar a las autoridades pertinentes. El pasado de Jared no era asunto suyo.

–Iba a preparar un informe del caso para ti –dijo Jared–. ¿Quieres que te explique los puntos principales antes de que hablemos de los detalles de cómo vas a sacar del país a tu prometida? –le preguntó, con su habitual eficiencia.

–Sí.

–Tal y como habías sospechado, el padre de Megan estaba completamente colocado cuando la atacó. Según mi contacto en la policía, lleva años metiéndose cocaína. Annalise Maybury, su exnovia, se lo contó a los que la interrogaron. Y hay algo más. Algo que descubrí por mi cuenta. Las dos hermanas no son en realidad sus hijas.

–¿Cómo dices?

–Que Megan y su hermana no son las hijas biológicas de Whittaker. Él lo sabe desde hace años. Les hizo una prueba de paternidad sin su conocimiento cuando eran niñas, después de que la madre se marchara con uno de sus amantes. Whittaker se las quedó, fingiendo ser su padre, porque estaba muy ocupado aprovechándose del fideicomiso que su madre les había dejado a ellas. Lo ha fundido todo, por si te quedaba alguna duda.

–¡Canalla! –exclamó Dario lleno de furia.

Sabía desde hacía tiempo que Whittaker era un inútil como empresario y peor aún como padre. Sin embargo, nunca había sospechado de su adicción a la cocaína ni de todo lo demás. Dadas las circunstancias, Megan era mucho más vulnerable.

Las dos hermanas no tenían dinero. La prensa no tardaría en averiguar lo de su paternidad y saldría pronto en los periódicos y en Internet para alimentar así el insaciable apetito del público por el escándalo. Cuando la prensa se enterara, la situación empeoraría.

Los recuerdos de las marcas en la espalda de Megan se fueron fundiendo poco a poco con una imagen más sangrienta y aterradora. Los golpes de los puños contra la carne, los gritos de su madre, el olor a humo de cigarrillo y vino barato...

–Eh, tío. ¿Te encuentras bien?

La pregunta de Jared lo devolvió al presente. Bloqueó aquella imagen, tal y como había aprendido a hacerlo a lo largo de los años. Aquello era algo que no quería que viera Jared ni nadie.

–Sí. ¿Le puedes dar esa información a la policía?

–Claro. Les enviaré una copia de mi informe. ¿Necesitas algo más?

–Necesito que me ayudes a sacar a Megan y a su hermana del país sin alertar a la prensa en cuanto Megan se encuentre lo suficientemente bien como para poder viajar. Y a mí también.

Había tomado una decisión. No había otra solución. Con Katie a su lado, le resultaría más fácil no pensar en lo que no debía.

Estaba seguro de que Megan recuperaría pronto la memoria porque tenía la intención de hacer todo lo que estuviera en su mano para asegurarse de que ella se sentía segura y a salvo. Así, los recuerdos volverían y, cuando así fuera, él estaría a su lado. Por si había otras complicaciones.

Según la doctora Hernández, la posibilidad de un embarazo era muy pequeña, por lo que Dario no iba a preocuparse mucho por aquel asunto. Sin embargo, no iba a correr ningún riesgo.

–Yo te diría que no te lleves también a la hermana pequeña –le dijo Jared.

–¿Cómo? ¿Por qué?

–Podría ser que tuviera que estar disponible para Whittaker...

–¿Y no bastan las declaraciones juradas hasta que llegue el momento del juicio?

–Sí, pero yo no correría ese riesgo. Whittaker podría estar algo bajo de fondos, pero no es ningún tonto. Ha conseguido suplicar, tomar prestado y robar lo suficiente para contratar a uno de los mejores bufetes de la ciudad. Está diciendo que tú le infligiste esas heridas a tu amante en un ataque de celos. Ni la policía ni los fiscales se lo creen, pero, si Megan ha perdido la memoria, Katie es la única testigo fiable de la agresión.

Puedes sacar a Megan del país para que se recupere hasta el juicio y, si eres su prometido, lo más correcto es que tú la acompañes. Pero, si sacas a Katie del país antes de que se realicen las acusaciones formales, te garantizo que los abogados de Whittaker intentarán utilizarlo a su favor. La hermana pequeña se queda o corres el riesgo de que este caso ni siquiera llegue a juicio.

Dario lanzó una maldición.

–Está bien. Katie se queda. Se lo diré mañana. No le gustará –comentó. A él tampoco. Estar a solas con Megan no le iba a ayudar a resistirse a sus encantos–. No podemos arriesgarnos a que Whittaker se escabulla y no pague por lo que ha hecho. Katie lo comprenderá. ¿Te puedo pedir otro favor?

–Tú dirás.

–¿Puedes proteger a Katie de la prensa cuando nosotros nos hayamos marchado?

–Claro. Considéralo hecho.

–No obstante, debería advertirte que tal vez ella no coopere demasiado. No es tan confiada ni tan dócil como Megan.

–Creo que podré ocuparme de una adolescente con mal genio –dijo Jared–. Da la casualidad de que soy un profesional.

Dario esbozó la primera sonrisa en días.

–Gracias.

Se terminó del todo su cerveza y se puso de pie para estrechar la mano de Jared.

–Hablaré con Katie mañana mismo. Mientras tanto, ¿te puedes poner en contacto con la policía y con la oficina del fiscal para contarles qué es lo que está pasando? Después, ponte a elaborar un plan para sacarnos del país sin hacer ruido.

–Por supuesto –prometió Jared mientras acompañaba a Dario a la puerta–. ¿Adónde os vais a marchar?

–A Isadora.

Dario había comprado la isla, que se encontraba frente a la costa de Sicilia, hacía cinco años, cuando alcanzó sus primeros mil millones de dólares de beneficios. Había terminado de arreglar la casa de cinco dormitorios que había en ella hacía poco más de un año. Había pensado ir a la isla cuando terminara la absorción de Whittaker's para comprobar cómo iban las inversiones que estaba haciendo en la isla y descansar.

–Muy bien –le dijo Jared antes de despedirse.

Dario no estaba tan seguro. Estaba convencido de que aquella visita a la isla sería de todo menos relajante.

Capítulo 10

EL HELICÓPTERO tomó tierra en un helipuerto construido sobre roca volcánica. Megan aspiró el aroma del mar y abrió los ojos de par en par ante las vistas que se dominaban desde allí.

Un sendero se abría paso entre los limoneros hasta llegar a una arenosa playa. La casa de Dario estaba en lo alto del acantilado, rodeada de elegantes muros de piedra adornados por parras y glicinias. Las contraventanas de madera oscura estaban completamente abiertas para recibir a aquella soleada mañana de primavera. La temperatura era diez grados más alta que en Manhattan.

Dario se inclinó sobre ella para desabrocharle el cinturón de seguridad.

—¿Estás despierta? ¿Te encuentras bien?

—Sí. Me desperté hace un rato.

Megan lo había visto trabajar en su smartphone. Ella no había querido molestarle, por lo que se había limitado a mirar por la ventanilla y a absorber todo lo que había a su alrededor mientras trataba de controlar los erráticos latidos de su corazón.

Todo parecía un extraño y maravilloso sueño, tan extraño y maravilloso que ella no sabía cómo interpretarlo. Todo había ocurrido tan rápido desde que Dario le dijo que estaban prometidos en el hospital... Todo lo que le estaba pasando era demasiado maravilloso, tanto que ella casi no se podía creer que todo fuera real.

Se trasladaron desde el hospital hasta el aeropuerto

JFK con una limusina. Desde allí, cruzaron el Atlántico en avión privado. Alta cocina servida en platos de porcelana y cubertería de plata, seguida de una noche en una enorme cama. A solas. Después, el trayecto en helicóptero. Sin embargo, lo más maravilloso de todo había sido tener a Dario constantemente a su lado.

La cuidaba con mimo, como si ella estuviera hecha de cristal y pudiera romperse en cualquier momento. Sus cuidados le habían resultado agradables en el hospital, pero, en aquellos momentos, estaban empezando a agobiarla. Era un hombre acostumbrado a mandar y Megan no estaba aún al cien por cien porque todavía no podía recordar nada sobre lo de su compromiso ni sobre el accidente. No quería parecer desagradecida, pero no podía evitar pensar en cómo Dario se habría enamorado de ella, cuando resultaba evidente que pensaba que ella era un poco patética.

Tampoco podía comprender cómo ella había accedido a casarse con él cuando Dario le cortaba la respiración y provocaba que el estómago le diera saltos cada vez que la miraba con aquellos penetrantes ojos azules. ¿Cómo iban a poder tener una vida juntos cuando su presencia hacía que a ella le costara respirar?

Un coche con chófer llegó al helipuerto para recogerlos. Dario la ayudó a descender del helicóptero. El mero contacto de sus manos le aceleró el pulso. Trató de controlar su adrenalina mientras él iba a hablar con el piloto.

«¿Por qué no puedes simplemente disfrutar? Estás cansada y algo abrumada por todo lo que está ocurriendo. Un hombre guapísimo está enamorado de ti. No es algo sobre lo que tener un ataque de pánico».

Unos empleados comenzaron a descargar maletas y cajas del helicóptero. Un equipaje que Megan no había visto nunca antes.

–*Cara*, ¿estás lista? –le preguntó Dario tras regresar a su lado.

–Sí, pero... Me acabo de dar cuenta de que yo no he preparado ninguna maleta para este viaje –dijo. No reconocía las maletas, por lo que dedujo que debían de ser de Dario–. ¿Crees que podría comprarme algo de ropa?

En el jet había encontrado ropa para cambiarse tras salir del hospital, junto con montones de cremas y todos los productos de maquillaje y aseo que pudiera necesitar. Además, un camisón de encaje y seda le había esperado sobre la cama, aunque no le veía la utilidad dado que Dario se había pasado el viaje trabajando en su ordenador en vez de acostarse con ella.

Sin embargo, no podía esperar que él siguiera proporcionándole todo lo que necesitaba. Dario le había dicho que se iban a quedar allí al menos quince días dado que tenía una serie de reuniones planeadas con sus contactos en la isla. Era un hombre muy ocupado y sabía que ella tenía también un trabajo muy exigente. No obstante, cada vez que trataba de pensar en él, la oscura sombra volvía a amenazarla desde su subconsciente, por lo que había decidido no preocuparse por ello. Sin embargo, si Dario había llevado tantas cosas, ella también necesitaría más ropa. No quería avergonzarle con un escaso guardarropa.

–Solo tengo la bata del hospital, mi camisón y esto –dijo señalando los vaqueros y la camisa de lino que él le había proporcionado.

–Deja de preocuparte –comentó él. Le pasó un dedo por el labio inferior, que ella ya había empezado a morderse–. No hay nada que puedas necesitar que yo no haya comprado ya.

–Pero no he traído nada...

–Esas maletas son casi todas tuyas. Della, mi asistente personal, me aseguró que tenías todo lo que necesitabas.

Megan se quedó boquiabierta. ¿Todo lo que necesitaba? Había allí equipaje suficiente para vestir a todas las modelos de un desfile de modas.

–Pero yo... No sé si me lo puedo permitir...

–Calla... No te preocupes por el dinero –susurró él. Le agarró la barbilla y la obligó a apartar la mirada del interminable desfile de maletas. La sensual sonrisa le resultó igual de turbadora–. Yo te puedo proporcionar todo lo que necesites mientras estemos aquí.

Megan sabía que él solamente estaba mostrándose considerado, pero se sentía algo frustrada.

–Es muy generoso por tu parte, pero prefiero pagarme mis cosas.

En el hospital, Darío le había dicho que ella era su responsabilidad. Aunque entonces le había resultado reconfortante, ya iba siendo hora de que empezara a tomar las riendas de su vida. Aún tenía algunos hematomas, bastantes en realidad, por la espalda, lo que parecía indicar que se había caído por las escaleras de la casa de Darío. Evidentemente, él se había hecho responsable de lo ocurrido porque el accidente había ocurrido en su casa. Resultaba muy considerado por su parte, pero ya estaba excediéndose un poco.

–No creo que debas pagarme la ropa. Puedo hacerlo yo... Al menos, déjame que te devuelva el dinero...

Darío frunció el ceño. Resultaba evidente que aquel ofrecimiento no le había gustado. Evidentemente, Giselle no se había pagado sus cosas. Tal vez Megan no tenía ni el rostro ni la figura de la supermodelo, pero tenía integridad y una ética de trabajo impecable. O, al menos, eso era lo que creía.

Uno de los hombres se acercó a ellos para decirle que todo estaba preparado. Darío le contestó en italiano y le dio instrucciones de que lo llevaran todo a la casa y le ordenaran al ama de llaves que deshiciera las maletas en el dormitorio.

Al escuchar aquella última palabra, pronunciada con aquel acento melódico y seductor, Megan pensó en lo que irían a hacer en aquel dormitorio en los próximos días y se alegró considerablemente.

Se moría de ganas por llegar. El constante deseo que tenía por Darío, el anhelo de volver a sentir sus caricias era lo único que tenía sentido de aquel compromiso. Tal vez no tendría que ponerse toda esa ropa. Podrían devolverla y él recuperaría su dinero.

—Vamos. Hablaremos de esto en el coche —dijo él.

—De acuerdo.

Él le puso la mano sobre la parte inferior de la espalda para acompañarla al coche, Megan tuvo que morderse los labios para no ronronear.

Mientras se dirigían hacia la casa, Megan pudo ver una piscina de horizonte infinito entre las parras y las plantas. Todo era maravilloso.

—La ropa es un regalo, Megan —dijo Darío con la misma voz aterciopelada que utilizaba para hablar con sus empleados—. Soy un hombre muy rico y disfruto comprándote cosas. No quiero que me pagues nada. ¿Lo comprendes?

—Umm... Está bien...

Megan estaba distraída por aquella aterciopelada voz y por todas las cosas que iban a hacer en el dormitorio aquella misma noche.

La casa era muy hermosa, pero no tuvo oportunidad de verla en su totalidad. Darío la llevó inmediatamente a sus habitaciones, que contaban con una enorme terraza desde la que se dominaba la piscina y los limoneros que llegaban prácticamente hasta el mar.

Los empleados comenzaron a llevar las maletas, pero ella no podía apartar la mirada de la enorme cama.

Tenía un dosel adornado con cortinas de gasa. Resultaba romántica y excitante a la vez. El pulso le latía con fuerza en la garganta y en otras partes de su anatomía.

–Megan, esta es Sofia –anunció Dario indicándole a una menuda mujer de cabello castaño que estaba de pie a su lado–. Es el ama de llaves y está a cargo de todo. Ella se ocupará de tus necesidades. Le he dado instrucciones de que esta noche te sirva la cena en tus habitaciones para que puedas descansar.

–¿Mis habitaciones? –le preguntó confusa. ¿No iban a dormir allí los dos?–. Pero... ¿no vas a compartirlas conmigo?

–Esta noche no, *piccola*.

Dario se inclinó sobre ella y le dio un beso en la frente.

–Debes descansar –añadió–. Y yo tengo que trabajar. *Buonanotte*, Megan. Te veré mañana a la hora de cenar.

«¿A la hora de cenar?».

Con eso, Dario salió del dormitorio y se marchó. ¿Y el resto del día?

Megan permaneció de pie en el centro del hermoso dormitorio. Se sentía atónita y muy desilusionada.

Sofia le hablaba en una mezcla de inglés e italiano sobre lo contenta que estaba de tener a la *fidanzata* de su jefe en la casa mientras indicaba a un par de doncellas cómo colocar la espectacular colección de ropa de diseño y realizaba algunas sugerencias para la cena de Megan. Sin embargo, tras haber sido testigo de cómo el indomable Dario se marchaba sin más, ella se sentía lo más lejos que había estado en toda su vida de ser una *fidanzata*.

Capítulo 11

–*Buongiorno,* Sofia. *Dove* Dario? –le preguntó Megan al ama de llaves, esperando utilizar su italiano con propiedad.

También, trató de no sentirse avergonzada por la ya familiar pregunta. Llevaba casi una semana haciéndosela al ama de llaves todas las mañanas.

–*Buogiorno, signorina* –dijo Sofia con una sonrisa mientras estiraba la masa de pasta fresca tal y como hacía también todas las mañanas–. *Il capo*? Hoy está con los pescadores. Esta noche, tomaremos *pesce spada*. ¿Cómo se dice eso en su idioma? ¿Pez espada?

Megan asintió y sintió que se le caía el alma a los pies. Si Dario había salido a pescar, eso significaba que estaría fuera todo el día. Una vez más. Había esperado que aquel día, sin ninguna reunión prevista, pudiera quedarse en la casa con ella.

–*Delizioso* –comentó relamiéndose los labios mientras Sofia se echaba a reír.

–Solo si los peces nos sonríen –dijo el ama de llaves–. Si no es así, tomaremos ravioli de sardinas.

Megan sonrió, pero el gesto resultó algo forzado. Adoraba a Sofia. El día anterior se lo había pasado estupendamente con ella mientras el ama de llaves la enseñaba a hacer pasta fresca. Sin embargo, no creía que hacer pasta le fuera a entretener aquel día.

Llevaba en la isla casi una semana y cada día era idéntico al anterior. Al principio, había agradecido la oportunidad de descansar y había tratado de no pensar demasiado en las ausencias diarias de Dario en la casa... y también en su cama para no disgustarse. En realidad, la monotonía le había resultado muy bienvenida al principio para ayudar a su cuerpo a que se curara del accidente. Todas las tardes usaba Skype para hablar con Katie, pero siempre conseguía evitar todas las preguntas que su hermana le hacía sobre cómo iban las cosas con Dario.

Había tratado de conformarse viendo a su prometido tan solo por las noches, cuando se sentaban a tomar la deliciosa cena que Sofia junto con sus ayudantes, Donella e Isa, les servían todos los días. La noche anterior, mientras las velas de *citronella* iluminaban su hermoso rostro, Megan había reunido por fin el valor de preguntarle sobre él.

Sin embargo, Dario había desviado la conversación de todo lo que pudiera ser personal. Al final, Megan había estado tan contenta de poder verlo que había decidido no insistir. Sin embargo, el deseo que la consumía había abrasado cada poro de su piel cada vez que veía cómo los sensuales labios de Dario devoraban la comida que Sofia había preparado. Le pareció que en una ocasión él le miraba el escote, pero había apartado los ojos tan rápidamente que ella no estuvo segura de si se lo había imaginado o no.

Su confusión y su desesperación habían aumentado cuando él la acompañó una vez más a su suite y le deseó buenas noches en la puerta hasta tal punto que no pudo evitar sugerirle que pasara la noche con ella. Durante un segundo, le pareció ver el brillo del deseo en los ojos de Dario, ardiendo con más fuerza que el suyo propio. Sin embargo, él rechazó inmediatamente la sugerencia y se marchó, dejándola decepcionada, ansiosa y llena de frustración.

Y ahora lo de la pesca. Era demasiado.

Normalmente, era una persona dócil y fácil de llevar, al contrario de Katie. Sin embargo, después de una semana descansando y recuperándose, no creía que pudiera sobrevivir otra noche sola sin explotar.

Le deseó a Sofia que pasara un buen día y regresó a sus habitaciones. Allí, eligió un biquini rojo precioso que no se había atrevido a ponerse aún por los hematomas que todavía tenía en la espalda y en la cadera. Sin embargo, los hematomas habían desaparecido hacía ya mucho.

Se lo puso y se desilusionó al ver que, quien había elegido la prenda, no había tenido en cuenta el tamaño de su busto. O eso, o la pasta de Sofia la estaba ayudando a subir la talla.

No importaba. Dario tenía que ver por sí mismo que se había recuperado por completo del accidente. Ya iba siendo hora de que ella le exigiera más tiempo y atención.

Metió su libro electrónico, su crema del sol y una toalla en una bolsa de playa y se dirigió a la piscina dispuesta a una larga espera. Dario tendría que subir por allí cuando regresara de su día de pesca. Entonces, ella estaría más que lista para enfrentarse a él.

Dario subió con pesadez los últimos escalones. Seguramente, serían cerca de las cuatro. Se quitaría el olor a pescado y se marcharía en el todoterreno a la granja de Matteo Caldone para comprobar cómo iba el nuevo sistema de riego que Dario le había financiado para que Matteo pudiera cultivar sus naranjas sanguinas. Le dolía un poco el hombro tras estar diez horas pescando y estaba a punto de desmoronarse, pero, después de lo ocurrido la noche anterior, no estaba dis-

puesto a ver a Megan más de lo necesario. Seguramente, estaba tan cansado que aquella noche podría
dormir sin ver turbado su descanso con las imágenes
eróticas que lo habían despertado presa del deseo todas
y cada una de las noches desde que llegaron a la isla.

Marcharse del dormitorio de Megan la noche anterior le había costado mucho. Cuando llegó a su dormitorio, había tenido que ocuparse de sus necesidades, tal
y como no hacía desde mucho tiempo atrás. Desgraciadamente, no le había servido de mucho. Se había despertado cubierto de sudor recordando las imágenes de
Megan en su única tórrida noche de pasión.

Suspiró esperando que el agotador día le ayudara a
no soñar con Megan aquella noche. Con sus rotundos
pechos mientras ella suplicaba que...

Parpadeó y se secó el sudor de la frente. «*Dio,
basta*!».

Rodeó el muro que conducía a la piscina y se quedó
sin aliento. Sentada en una hamaca con el cabello recogido en lo alto de la cabeza y sus maravillosos pechos
apenas cubiertos por un minúsculo biquini, estaba la
protagonista de todas sus fantasías eróticas. Su vocecita
interior le recomendaba que se diera la vuelta y se marchara por donde había llegado antes de que Megan lo
viera allí de pie, mirándola como un adolescente enamorado, pero le resultaba imposible moverse. Su cuerpo
ardía de deseo.

Entonces, ella levantó la cabeza y lo vio.

«Demasiado tarde».

–Dario, estaba esperándote –le dijo ella.

Megan se puso de pie y se acercó a él. Sus gloriosas
curvas amenazaban con escaparse del minúsculo sujetador con cada seductor movimiento de caderas. Todos
los esfuerzos de Dario por olvidarse de su libido quedaron en nada en menos de un segundo. La presión que él

sentía en la entrepierna resultaba aún más pronunciada que el dolor de los agotados músculos.

–Tengo que hablar contigo sobre lo que ocurrió anoche –le espetó ella–. No quiero pasar otra noche a solas, Dario. Comprendo que estás muy ocupado y que tienes compromisos de trabajo, pero hay tantas cosas de las que necesito hablarte y prácticamente no te he visto desde que llegamos...

Dario oía las palabras, pero era incapaz de entenderlas. Se percató de que tenía el biquini mojado. Podía ver claramente la silueta de los pezones a través de la tela.

«¡Santa María, llévame ahora mismo!».

Era incapaz de escuchar lo que ella le estaba diciendo. No hacía más que imaginarse aquellos pezones entre los labios, torturándoselos hasta que ella suplicaba que la llevara al orgasmo.

–Dario, ¿me estás escuchando?

–*Scusami*? –musitó él obligándose de nuevo a mirarla a la cara.

Su pálido rostro había adquirido una tonalidad muy bronceada durante la última semana. Sus doradas mejillas resultaban casi tan tentadoras como el maldito biquini. Quería lamerle el lugar donde el pulso le latía en el cuello tan desesperadamente que casi podía saborear el dulce y picante aroma en la lengua.

Tal y como había hecho todas las noches en sueños.

Ella abrió mucho los ojos. ¿Se habría dado cuenta? Entonces, se mordió el labio inferior e hizo que Dario estallara por dentro. Todas las razones morales y prácticas que había utilizado para no acercarse a ella le explotaron en la cara.

–Deja de morderte el labio...

–Dario, no me hables así.

Él la tomó entre sus brazos y la estrechó con fuerza.

Megan notó la potente erección contra su vientre y abrió aún más los ojos. Un segundo después, los labios de Dario comenzaron a devorarle la suculenta piel y las manos atraparon las voluptuosas curvas que le volvían completamente loco.

Megan contuvo un gemido. El pulso le latía con fuerza justo donde Dario le estaba besando el cuello. Todo había estallado dentro de ella, las esperanzas y las necesidades que llevaba días conteniendo.

Se soltó de él y le hundió las manos en el cabello, obligándole a levantar el rostro.

Dario también la deseaba... Jamás lo hubiera imaginado. La verdad era como un rayo de sol, que ardía con fuerza dentro de ella.

—Bésame —le ordenó.

Él le introdujo la lengua en la boca mientras le acariciaba el trasero, apretándola al mismo tiempo contra la potente erección que contenían los vaqueros. Megan estuvo a punto de llorar de felicidad y le devolvió el beso con pasión. El corazón le estallaba de alegría en el pecho.

El deseo fue acrecentándose. El cuerpo de Megan ardía y su feminidad estaba a punto de explotar por la desesperación. Deseaba tenerlo dentro de su cuerpo tan desesperadamente que, antes de que pudiera responder o hablar, un potente orgasmo se apoderó de ella y la llenó de gozo. Rompió el beso y gimió de placer.

Dario lanzó una maldición y la soltó. Tenía la respiración acelerada, pero la dejó marchar con los ojos aún nublados por el deseo. En vez de tratar de volver a tomarla entre sus brazos tal y como ella deseaba, parecía estar completamente aturdido.

—No pares —le suplicó ella—. Por favor, no pares...

El cuerpo aún le temblaba por la fuerza de aquel orgasmo espontáneo.

—No debería haberte tocado.

—¿Por qué no? Yo quería que lo hicieras —susurró ella. La prueba era que había alcanzado el clímax con solo un beso.

Para su desesperación, vio que Dario se revolvía el cabello y daba un paso atrás. ¿Por qué tenía un aspecto tan torturado?

—Esto no puede volver a ocurrir.

—¿Por qué no?

—Yo... yo podría haberte hecho daño. No debería ponerte las manos encima.

—No soy de cristal, Dario —le espetó ella—. Y voy a ser tu esposa. Quiero que me toques.

—Aún tienes hematomas...

—No. Ya ves que han desaparecido —dijo ella dándose la vuelta.

—Huelo mal —murmuró él con voz ronca—. Tengo que lavarme el olor a pescado.

—Hueles a mar. A ti. Son dos olores que amo.

De igual modo, ella debía de amarle mucho para haber accedido a casarse con él. ¿Acaso Dario dudaba de su compromiso? ¿Se trataba de eso? ¿Que ella no recordaba por qué y cómo se había enamorado de él? ¿Cómo iba a saberlo ella si Dario no le contaba nada ni compartía nada con ella, ni siquiera su cuerpo?

—Por favor, no hagas esto —dijo ella decidida a descubrir por qué él se mostraba tan reacio a arreglar lo que parecía haberse roto entre ellos—. No te niegues a hablar conmigo.

Megan extendió la mano y le acarició la mejilla para tranquilizarle. Sin embargo, Dario se apartó de ella.

—Tengo que ir a darme una ducha. Voy a salir esta noche.

–¿Por qué? ¿Adónde vas a ir? –le preguntó ella tratando de aplacar el dolor y el rechazo que sentía.

–Tengo que hablar de un asunto muy importante con un granjero local, Matteo Caldone. Se trata de un sistema de riego nuevo. Cenaré cuando regrese, así que no me esperes.

Antes de que Megan pudiera reprocharle algo o gritarle que no quería seguir esperando, Dario se marchó y desapareció en la casa. Ella se quedó allí, junto a la piscina, completamente aturdida por lo ocurrido. Entonces, recordó el deseo que había oscurecido los ojos de Dario antes de besarla y comprendió la verdad.

La única manera de salvar el profundo abismo que se había abierto entre ellos era conseguir que Dario volviera a metérsele en la cama. Todo lo demás fluiría después. ¿No había sido así como se habían enamorado en un principio, a través de la pasión que compartían el uno por el otro?

Si el beso que habían compartido hacía menos de un minuto había demostrado algo era que Dario seguía deseándola tanto como ella lo deseaba a él. Lo único que Megan tenía que conseguir era que lo admitiera.

No habría más peticiones corteses ni más esperarle obedientemente todo el día, solo para que él le diera un beso en la mejilla o en la frente y la dejara sola una noche más.

El único modo de conseguir que Dario la viera como a una igual era que ella empezara a comportarse como una igual y comenzara a exigir que él satisficiera el apetito que los estaba corroyendo a los dos por dentro. Megan no iba a permitir que él la abandonara para acudir a otra importante reunión, reunión que, seguramente, se había inventado en el momento.

Regresó a la hamaca para recoger sus cosas y se dirigió a la casa.

«Se ha acabado el tiempo, Dario. No vas a volver a huir de mí».

Megan tardó diez minutos en encontrar las habitaciones que ocupaba Dario, en el ala opuesta de la casa, unas habitaciones a las que ella nunca había sido invitada. Eso también se iba a terminar. ¿Para qué servía que ella estuviera allí si no pasaban ningún tiempo juntos? Quería averiguarlo todo sobre él, todas las cosas que ella debía de haber descubierto aquella primera noche como para haber accedido a comprometerse con él, pero que había olvidado por su accidente.

Atravesó un despacho, sencillo pero muy bien equipado, con todo lo necesario para poder dirigir sus negocios desde allí. Se encontró con que la puerta del dormitorio estaba cerrada, Llamó, pero no obtuvo respuesta. Se armó de valor y la abrió.

Vio una enorme habitación, con una cama aún más grande que la que ella tenía, decorada con un estilo más masculino. Desde el amplio ventanal se divisaba una preciosa vista de las colinas.

Dario no estaba allí. ¿Se habría marchado ya?

Entonces, escuchó el sonido del agua corriente y se percató de que había un montón de ropa sobre el suelo. Sintió que el deseo volvía a despertarse en ella. De nuevo, el biquini le resultó apretado sobre los henchidos pechos.

Dario estaba en la ducha. ¿Debería ir a meterse con él? Lo recordó desnudo y excitado en la otra ducha y lo que habían hecho bajo el agua...

«No lo pienses. Hazlo».

Abrió la puerta,

Se le cortó la respiración y el corazón comenzó a latirle con fuerza en el pecho. El deseo se le licuó entre las piernas y se le fue extendiendo por todo el cuerpo como si fuera lava ardiente. Le temblaban las rodillas. La visión que tenía ante sí devolvió la vida al dragón que le ardía en el vientre.

Darío estaba en la ducha, completamente desnudo y de espaldas a ella. Gracias al ruido del agua, no se había dado cuenta de que ella había entrado. Tenía una mano apoyada contra la pared y la cabeza inclinada. Evidentemente, se estaba concentrando en lo que estaba haciendo con la otra mano. El agua caliente le caía por los tensos músculos, esculpiendo aún más su ya perfecto cuerpo.

Se estaba masturbando. El rubor le cubrió el rostro. ¿Por el beso que habían compartido?

«Menudo desperdicio».

–Darío...

Él volvió la cabeza y la miró. Se quedó completamente inmóvil. Se dio la vuelta y apartó la mano, dejando que ella pudiera admirar la potente erección que se erguía orgullosa sobre su vientre.

–Deberías marcharte....

Megan negó con la cabeza. No podía hablar ni moverse. Se moría de ganas por sentir aquella potente masculinidad dentro de ella. Una de las cosas que recordaba con más claridad era lo maravillosamente que él le había hecho sentir. La humedad le cubrió completamente el sexo, humedeciéndole la braga del biquini.

–Si no te marchas, te poseeré... ¿Es eso lo que quieres?

–Sí –respondió ella sin dudarlo. El cuerpo le temblaba de deseo y de anhelo.

Darío asintió. Su mirada adquirió un brillo cuya intensidad resultó aterradora y maravillosa a la vez.

–En ese caso, demuéstramelo.

Entonces, se agarró el miembro viril y comenzó a

acariciarse con agónica lentitud. Aquella imagen tan erótica fue más de lo que Megan podía soportar.

–Quítate la ropa –le ordenó él.

Megan le obedeció sin cuestionarle. Con torpes dedos, se desató el pareo que se había puesto antes de abandonar la piscina. La seda se deslizó suavemente sobre su piel.

–Todo. Te quiero completamente desnuda.

Megan se llevó las manos a la espalda para desatarse el sujetador del biquini. No le podía negar nada. Los pequeños triángulos cayeron y los pechos se irguieron ante él, libres por fin de todo confinamiento. Con un movimiento de cabeza y sin dejar de tocarse, Dario le indicó que se quitara también la braguita. Megan tiró del lazo y el minúsculo trozo de tela cayó.

Ella no podía respirar. El deseo se mezclaba con el pánico. Dario, por fin, dejó de tocarse y cerró el grifo de la ducha. Se colocó una toalla alrededor de las caderas y se acercó a ella. Entonces, le agarró el rostro y la obligó a mirarlo.

–¿Me tienes miedo, *piccola?*

–No.

–Entonces, ¿por qué estás temblando?

–Porque te deseo desesperadamente.

–Yo también te deseo... mucho...

Dario se inclinó ligeramente y, tras tomarla entre sus brazos, la llevó al dormitorio. Otro recuerdo la asaltó a ella: volver a estar entre sus brazos. Recordó que él la llevó en brazos por las escaleras de su ático, pero había algo más, algo oscuro y aterrador. No en su ático, sino en su apartamento. El crujido de los cristales bajo los pies...

La sombra que ella había estado evitando apareció por fin, pero Megan cerró la puerta a ese recuerdo. Prefería concentrarse en el momento.

Dario la colocó en la cama. Entonces, sacó un preservativo de la mesilla y se lo puso. Cuando se subió a la cama, notó que ella se cubría los senos con los brazos.

–No te tapes, Megan...

Le colocó las manos por encima de la cabeza y se las inmovilizó con una mano. A continuación, comenzó a trazar círculos con la lengua sobre uno de los pezones para luego morderle la punta. Las sensaciones fueron deliciosas.

Comenzó a acariciarle los pechos, rodeándoselos y lamiéndoselos. Entonces, le soltó las muñecas para acariciarle los húmedos pliegues. Los gemidos de Megan se transformaron en sollozos de necesidad. De repente, él levantó la cabeza de los torturados pezones.

–Tengo que saborearte. Ha pasado demasiado tiempo.

–Sí...

Megan separó las piernas y él le colocó la mano en el trasero, levantándoselo ligeramente. Entonces, se le colocó entre las piernas y se agachó. Megan se arqueó, ofreciéndose a él. Inmediatamente, Dario comenzó a besarla entre las piernas, lamiéndola y explorándola. El placer fue haciéndose cada vez más delicioso. La boca de Dario encontró rápidamente la manera de darle placer.

Ella gritó su nombre cuando alcanzó el orgasmo, que se adueñó de ella con ondulantes movimientos. A pesar de que Megan ya había alcanzado el clímax, Dario siguió lamiendo, como si quisiera apurar hasta la última gota de su esencia. Entonces, la dejó estar para colocársele de nuevo entre las piernas. Le agarró las rodillas y se hundió en ella con un profundo movimiento. Ella le acogió inmediatamente y sintió que el placer volvía a adueñarse de su cuerpo cuando, con sus movimientos, Dario la llevó de nuevo al orgasmo. Megan se agarró a los hombros de Dario y ambos gimieron de placer al unísono.

Dario se movió dentro de ella y, después, levantó la cabeza para mirarla. Lo hizo con cautela. ¿Acaso no sabía que acababa de darle un orgasmo múltiple?

–¿Te encuentras bien?

–¿Estás bromeando? –replicó ella–. Estoy estupenda.

Dario se echó a reír.

–¿Estás segura de que no te he hecho daño?

–Ya te dije que no soy tan frágil. Me encanta disfrutar del sexo contigo. Me gusta mucho.

Dario entornó la mirada, pero las sombras se retiraron de sus ojos cuando le acarició suavemente la mejilla y le dio un beso en la nariz.

–Como tú digas...

Dario se alejó de ella y Megan sintió su ausencia inmediatamente. Estaba a punto de protestar, pensando que él se iba a marchar a la maldita reunión con el del sistema de riego cuando Dario, en vez de levantarse de la cama, la obligó a darse la vuelta y la colocó de espaldas contra su cuerpo. Megan podía sentir la erección de Dario de nuevo entre las piernas.

–¿No te tienes que marchar a la granja de limones? –le preguntó provocadoramente.

–En realidad, se trata de una de naranjas, pero no. Esta noche no.

Se inclinó brevemente hacia la mesilla y, tras tomar el teléfono, envió un mensaje. Entonces, volvió a centrarse en ella. Comenzó a depositar delicados besos sobre su espalda. Resultaba increíble que, después de un devastador orgasmo, en realidad de dos, el deseo pudiera volver a despertarse en ella.

–¿Tienes hambre? –le preguntó él.

–Sí...

–¿De qué?

–De comida y de ti, pero no necesariamente en ese orden

Dario se echó a reír. Entonces, le agarró un seno y comenzó a juguetear de nuevo con el pezón.

–Sofia nos dejará comida en la cocina para más tarde. Primero tienes que descansar –comentó él sin dejar de acariciarle el pezón.

–¿De verdad?

Ella no quería dormir. Llevaba durmiendo prácticamente diez días y por fin había conseguido lo que tanto deseaba. ¿Por qué iba a querer perder el tiempo durmiendo?

–Porque necesitarás fuerzas para todo lo que planeo hacerte a continuación.

Megan se movió ligeramente para poder mirar por encima del hombro.

–¿De verdad? ¿Me vas a volver a hacer el amor?

Notó el deseo que se le había reflejado en la voz. Esperaba no sonar como una ninfómana, pero el ansia de sexo que se le había vuelto a despertar en el vientre estaba empezando a resultar insoportable. En lo que se refería a Dario de Rossi, ella jamás podría estar del todo satisfecha.

–No me queda otra opción –susurró él contra el cabello de Megan–. Mi voluntad ya no me pertenece.

Parecía un comentario algo extraño. ¿Por qué iba él a elegir no hacerle el amor cuando ya tenía pruebas concluyentes de que ella estaba totalmente recuperada?

Antes de que pudiera seguir pensando en aquellas palabras, Dario deslizó la mano por la cadera y con dedos firmes encontró el sexo de Megan. A excepción de un renovado deseo, todo lo demás quedó en el olvido.

Capítulo 12

TE PUEDO hacer una pregunta? –inquirió Megan con ojos brillantes y voz ansiosa mientras colocaba los *antipasti* de Sofia en una bandeja.

Era muy tarde y Dario estaba hambriento. Desgraciadamente, no solo por la cena fría que el ama de llaves les había dejado preparada.

¿Cómo podía seguir deseándola cuando se había pasado seis horas con ella entre los brazos y ninguna de ellas poniéndose al día con las horas de sueño que había perdido en aquellos días?

–Puedes.

La anticipación que vio en sus ojos le hizo sentir inmediatamente una profunda cautela. No debería haberla tocado. Se había prometido a sí mismo que no lo haría. Al final, había sido incapaz de negarse lo que ella le ofrecía tan ávidamente, y, por ello, tendría que pagar las consecuencias encontrando el modo de desviar su curiosidad sin parecer un canalla.

–Hay tantas cosas que te quiero preguntar sobre esa noche...

Dario llevó la bandeja y las copas a la terraza, que estaba iluminada por la luz de la luna. ¿Iría por fin a recuperar la memoria? Tal vez el sexo había ayudado...

–¿Qué es lo que deseas saber?

Lloyd Whittaker había sido acusado formalmente gracias al testimonio de Katie. Se le había negado la libertad bajo fianza y tendría que presentarse a juicio al cabo de pocos meses. Sin embargo, Megan no había mencionado nada al respecto desde que se despertó en el hospital, lo que había convencido a Dario de que su pérdida de memoria se centraba exclusivamente en su padre. Si preguntaba por él, eso significaría por fin que su memoria se había recuperado y que se estaba curando tan bien como su cuerpo.

Sin embargo, cuando Megan se sentó frente a él y comenzó a servirles a ambos de la bandeja, el brillo de su cabello a la luz de las velas hizo que Dario no se sintiera tan contento ante la perspectiva de que ella recuperara la memoria.

Tenía la oportunidad de terminar con aquella farsa, de liberarlos a ambos de las obligaciones ocasionadas por la agresión de Whittaker y la amnesia de Megan. Sin embargo, contra todo pronóstico, había descubierto que, a pesar de la frustración por el deseo sexual insatisfecho, todas las tardes había estado deseando verla.

Cuando Megan levantó la mirada del plato, tenía los labios manchados de aceite de oliva, lo que les daba un aspecto más deseable que nunca. Dario se lamió sus propios labios.

Aquello era solo deseo sexual. Nada más. El apetito que sentía hacia ella estaba nublando su habitual sentido común. Estaría encantado de decirle todo lo que ella quisiera saber porque, así, ella recuperaría antes la memoria y eso era precisamente lo que él quería.

–¿Te importaría hablarme sobre ti? –le preguntó ella.

–¿Y qué es lo que deseas saber? –replicó él, atónito.

–Todo –afirmó ella con una tímida sonrisa–. Todas las cosas que me contaras aquella noche sobre tus esperanzas y sueños y el origen de todos tus anhelos.

–Pero si no te dije nada...

–No seas tonto... –replicó ella riéndose–. Debiste de decirme algo para que yo me enamorara de ti.

La feliz expresión de su rostro le rompió el corazón. No estaban enamorados. Dario jamás había amado a nadie desde... Prefirió apartar aquel pensamiento.

–Supongo que yo te conté un montón de cosas –añadió ella en tono optimista–, pero tampoco me acuerdo de nada. Por lo tanto, tú vas a tener que ayudarme a recordar.

–No sé qué es lo que quieres saber... –susurró él.

–Entonces, ¿qué te parece si yo te pregunto sobre lo que tengo curiosidad? Seguramente será lo que ya te haya preguntado antes.

Dario no supo cómo responder a eso, aunque ella no le dio la oportunidad. Inmediatamente, le hizo la primera pregunta.

–Un artículo de *Forbes* decía que creciste en Roma.

–Crecí en las afueras de Roma, uno de los proyectos de vivienda construidos por el gobierno para la comunidad –dijo de mala gana.

Hacía mucho tiempo que se había dado cuenta de que la experiencia de despertarse con el ruido de las ratas escarbando por la ventana de la caravana y del sonido de sus propios dientes castañeteando durante el invierno por el frío que pasaban o el fétido olor de la basura podrida y de los urinarios durante el verano habían sido experiencias que lo habían empujado a buscar el éxito en la vida. Hacía mucho tiempo que había aceptado las terribles privaciones de su infancia y no le avergonzaban sus orígenes. No obstante, no tenía deseo alguno de volver a revivir aquella época de su vida.

–Entonces, ¿eres de Roma?

–Mi madre lo era –contestó él. Aquella información se le escapó sin querer.

–¿Lo era? –preguntó ella con compasión–. Lo siento mucho, Dario. ¿Ha muerto tu madre?

Durante un instante, los recuerdos amenazaron con

apoderarse de él. Recuerdos que había tratado de olvidar a lo largo de su vida.

—Sí, pero de eso hace mucho tiempo.

—¿No me digas? ¿Eras pequeño?

—No –respondió él. En el sentido en el que ella se
refería, jamás había sido un niño.

—¿Y tu padre?

—No le conocí –mintió. Aquella vez le resultó más
fácil.

Darío oyó que ella lanzaba un gruñido y la miró. Vio
que se estaba frotando la sien como si estuviera tratando de borrar algo de su mente.

—¿Te encuentras bien?

—Sí, pero... Hay algo oscuro que me acecha... No
quiero dejarlo pasar...

Seguramente, la mención del padre de Darío le había hecho pensar en el suyo y, tal vez, en todas las cosas
que estaba tratando de olvidar.

Él se levantó de la silla.

—Pues no lo hagas... Ha sido un día muy largo.
Ahora deberías descansar un poco.

—En realidad no es nada... Estoy bien.

—Insisto. Tienes que descansar.

A pesar de sus protestas, Darío la levantó en brazos.
Quería protegerla de sus demonios, aunque aquello fuera
en contra de lo que él deseaba. Necesitaba que ella re-
cordara, pero, si los recuerdos seguían causándole dolor....

—Déjame en el suelo, Darío. Estás exagerando.
Puedo andar.

Darío se resistió y la llevó a la casa en brazos.

—Deja que te lleve. Es culpa mía que estés tan cansada...

Megan se aferró a su cuello y dejó de resistirse, pero
lo miró con frustración. A él no le importó. Tenía ra-

zón. Habían hecho demasiadas cosas porque, en lo que a ella se refería, era incapaz de mantener la libido bajo control.

–No creo que sea culpa tuya porque yo te seduje... –protestó ella.

–Eso es discutible –repuso él, aunque no pudo dejar de sonreír ante el aire combativo que ella presentaba.

Dario estaba empezando a descubrir lo valiente y aguerrida que ella era. Desgraciadamente, eso le excitaba aún más.

Sintió una respuesta más que familiar en la entrepierna, pero, de todos modos, la llevó a sus habitaciones.

–Detente ahora mismo –gritó ella–. No pienso regresar a mis habitaciones –añadió, a punto de saltar de los brazos de Dario.

–Estate quieta...

–¡No!

–Necesitas dormir. Tienes que hacer lo que te digo.

–No lo haré. Tienes que dejar de tratarme como si fuera una niña, Dario. Soy una mujer adulta y puedo tomar mis propias decisiones.

–No cuando tomas decisiones erróneas.

«Como creer por segunda vez que te podrías haber enamorado de un hombre como yo».

– ¿Quieres hacer el favor de escucharme? –le espetó Megan colocándose las manos en las caderas.

¿Cómo era posible que deseara besarlo y estrangularlo a la vez? Iban a terminar con aquella situación de una vez por todas. Ya no habría más excusas ni más distracciones.

–No estamos en el siglo XIX ni yo estoy a tu cargo.

–Necesitas descansar. Es más de medianoche y has tenido seis orgasmos hoy...

Dario se cruzó de brazos. Los bíceps se le flexiona-
ban deliciosamente bajo las mangas cortas de la camiseta. Megan sintió una extraña sensación en el sexo.

Resultaba evidente que algunas distracciones iban a
ser muy difíciles de olvidar. Sin embargo, eso no significaba que fuera a permitirle que se saliera con la suya
un momento más.

El sexo había sido maravilloso, pero el breve retazo
de intimidad lo había sido aún más. Las pocas cosas
que había descubierto sobre él la intrigaban y la con-
movían al mismo tiempo de un modo que no era capaz
de explicar.

¿Quién hubiera creído que, bajo aquella apariencia
de hombre duro, podría conmoverle que se le pregun-
tara por su madre? Había tratado de ocultarlo rápidamente, pero ella había notado su reacción. Esperaba
poder descubrir más sobre él en los días venideros. Sin
embargo, no podría hacerlo si ella le permitía que volviera a apartarla de su lado.

—Y yo disfruté todos y cada uno de ellos –replicó
ella con descaro. Dario se sonrojó y ella comprendió
que era la clave–. Sin embargo –añadió–, no habríamos
estado así seis horas si tú no nos hubieras negado el
placer de acostarnos juntos durante tantos días.

—Te estabas recuperando de tu accidente...

—Ahora ya no me estoy recuperando. Ya estoy recuperada. Creo que eso ha quedado más que demostrado
esta misma noche. ¿Qué te parece si alcanzamos un
compromiso? –murmuró ella.

—¿Qué clase de compromiso?

Megan sonrió.

—Esto es lo que te propongo –contestó ella–. Consi-
deraré seguir tu consejo sobre mi bienestar, si creo que
está justificado, pero solo si tú accedes a que empece-
mos a comportarnos como una pareja.

–¿Qué significa eso? Ya estamos los dos juntos aquí.

–Quiero compartir la cama contigo... quiero que durmamos juntos... –le dijo. ¿Desde cuándo las parejas que estaban comprometidas dormían en dormitorios separados?–. Me gusta estar en tus brazos. Quiero dormirme contigo y despertarme a tu lado. Es importante para mí.

Dario sabía que debería negarse. Megan no sabía lo que le estaba pidiendo. No eran una pareja. Sin embargo, antes de que pudiera pronunciar palabra, ella le dijo:

–Me haces sentir segura, Dario. No quiero que haya tanta distancia entre nosotros. Si no, ¿por qué estamos pensando en el matrimonio?

El tono de súplica que había en su voz hizo que Dario se sintiera como un verdadero canalla. Debería decirle en aquel mismo instante que lo del compromiso había sido una treta que se le había escapado de las manos. Sin embargo, no pudo hacerlo. Había algo en el modo en el que ella lo miraba que le impidió hacerlo.

Megan confiaba en él. Cuando ella se enterara de la verdad, esa confianza desaparecería, pero, hasta entonces, Dario quería que ella se sintiera a salvo y segura.

Le acarició suavemente la mejilla mientras el corazón le latía con fuerza en el pecho.

–Me parece bien... –dijo él acariciándole suavemente el labio inferior–, pero solo si me prometes que podré seducirte cuando lleguemos a mi cama.

Tal vez había sido un error negarles a ambos el placer físico que tan fácilmente se despertaba entre ellos. Tal vez aquella cercanía física era precisamente lo que ella necesitaba para encontrar la fuerza necesaria para enfrentarse a los miedos que la acechaban. En realidad,

¿qué mejor manera podría haber de distraerla del estúpido deseo de conocerlo a él mejor? Todo formaba parte del hecho de que ella se imaginaba que lo amaba o que lo había amado alguna vez.

Megan sonrió y asintió.

–Por supuesto... asumiendo desde luego que no te seduzca yo primero –comentó ella mientras pestañeaba coquetamente.

–*Dio!*

Dario le tomó la mano y la llevó a su propio dormitorio. Las carcajadas que ella lanzaba enardecían más su deseo.

De un modo u otro, él había perdido la partida en aquella negociación, pero el tacto de la mano de Megan en la suya, junto al pensamiento de que la tendría en su cama toda la noche, actuó en él como una droga adictiva que le dificultaba recordar por qué exactamente había insistido él en mantenerla lejos de su dormitorio.

Capítulo 13

MEGAN guiñó los ojos al sol, que brillaba a través de las contraventanas, y se estiró. Se sintió muy desilusionada al encontrar vacío el lado de la cama que había ocupado Dario. Una vez más. Después de más de una semana durmiendo en su cama, aún no había conseguido despertarse antes que él. Su cuerpo protestó. El deseo de volverse a dormir resultaba casi abrumador. Bostezó y se desperezó. Entonces sonrió. El sexo espectacular podía resultar agotador.

Se tumbó boca abajo y sonrió al ver que el teléfono móvil de Dario seguía en la mesilla. Eso significaba que no podía estar muy lejos. Tal vez en el despacho poniéndose al día con sus correos electrónicos o en el cuarto de baño. Al menos no se había marchado sin ella.

Megan había empezado a insistir en acompañarlo en sus salidas para conocer la isla. Al principio, Dario se había mostrado reacio, pero Megan se alegraba de haber insistido porque había descubierto muchas cosas sorprendentes, no solo sobre la isla, sino también sobre Dario. Él había invertido mucho dinero en la isla, como al construir un nuevo muelle, su propia casa y recuperar los campos de naranjos y limoneros que eran el principal producto de la isla.

Cada día, Megan descubriría un aspecto nuevo de todo lo que él estaba haciendo en la isla dado que Dario supervisaba personalmente esos proyectos. Para ser multimillonario, no le importaba en absoluto mancharse las manos. Los isleños lo adoraban, pero le trataban como uno más de los suyos.

Tal vez Megan no había conseguido que hablara mucho sobre sí mismo o sobre su pasado, pero todo lo demás que había descubierto había conseguido incrementar la fascinación que sentía hacia él.

Era muy exigente, aunque jamás le pediría a alguien que hiciera algo que él mismo no estuviera dispuesto a hacer. También era reservado sobre sí mismo, pero se centraba mucho todas las noches en proporcionarle placer, lo que hacía que Megan se sintiera segura de que lo que estaban forjando entre ellos iba más allá de un vínculo físico.

Ella era capaz de hacerle reír, de aliviar esa cualidad oscura y misteriosa que en el pasado la había intimidado y que, en aquellos momentos, le hacía amarlo aún más.

Aquel día, tenía un plan muy sencillo. Aquella sería la primera ocasión que estarían solos en sus excursiones. Lo seduciría y luego se abalanzaría sobre él cuando aún estuviera preso de la bruma del deseo y le resultaría imposible resistirse a su brillante y sutil interrogatorio. Era un plan arriesgado porque, hasta aquel momento, había sido ella la que apenas era capaz de recordar su propio nombre después de que hicieran el amor. Sin embargo, aquel día iba a ser astuta.

Le había pedido a Sofía que les preparara un picnic para la salida y satisfacer así el apetito de Darío por la comida para luego, ataviada con su biquini rojo, torturarle con el apetito que sentía hacia ella.

Tomó el teléfono de la mesilla para ver qué hora era. ¿Casi mediodía? Frunció el ceño ¿Cómo había podido dormir hasta tan tarde cuando tenía una misión tan importante?

Se incorporó y las náuseas se apoderaron de ella tan repentinamente que casi no tuvo tiempo de llegar al cuarto de baño. Cuando por fin tuvo el estómago vacío, se sentó en el suelo y apretó el botón de la cisterna.

–*Cara,* ¿qué te ha pasado? ¿Has estado vomitando?

Dario se agachó junto a ella y la envolvió en su albornoz para cubrir su desnudez.

–Sí, creo que debo de haber pillado algún virus, aunque ahora que he vomitado me siento mejor.

–¿Te ha ocurrido esto antes? –le preguntó él con expresión sombría.

–No –contestó ella. Esperaba que Dario no fuera a utilizar aquello para volver a tratarla como a una niña desvalida.

–¿Seguro?

Recordó que había tenido un ligero malestar en el estómago el día anterior y también hacía dos días, pero no había vomitado.

–No. No me ha ocurrido antes –afirmó ella. Utilizó el retrete para incorporarse y, a pesar de que no se sentía del todo bien, se lavó los dientes y pasó junto a Dario, que seguía mirándola con preocupación.

Se metió en el vestidor y desde dentro le dijo:

–Estoy bien. Lo único que necesito es nadar en el lago para sentirme mejor. Siento haber dormido tanto tiempo.

Cuando salió del vestidor, Dario había desaparecido en el despacho. Le oyó hablando rápidamente en italiano por teléfono. Megan dio gracias de que él hubiera encontrado algo que lo mantuviera ocupado. Se sentó en el tocador para echarse la crema hidratante y ponerse un poco de brillo de labios.

Desgraciadamente, cuando Dario regresó al dormitorio, su rostro seguía igual de sombrío.

–¿Cómo te encuentras?

–Genial. De verdad. ¿Cuánto tiempo tardaremos en llegar a la laguna? –le preguntó para cambiar de tema.

–No vamos a ir a la laguna. El helicóptero estará listo dentro de diez minutos para llevarnos al hospital de Palermo.

–¡No seas ridículo! ¡No pienso ir al hospital por haber vomitado solo una vez!

–Contéstame a una cosa –le dijo él con el rostro muy serio–. ¿Has tenido el periodo desde que llegamos?

–No...

–En ese caso, debemos ir al hospital para que te hagan una prueba de embarazo.

Megan se quedó atónita.

–Pero es imposible que esté embarazada. Hemos utilizado preservativos siempre. No es posible...

No era posible, pero todo parecía encajar. El aumento de tamaño del pecho, el cansancio y, por último, los vómitos. Y había algo más... algo que trataba de abrirse paso entre sus recuerdos.

Sofia llamó a la puerta del dormitorio.

–El helicóptero está esperando, *signor*. ¿Quieren el picnic?

Al oír la mención de la comida, Megan volvió a experimentar náuseas.

–No, *grazie*, Sofia –murmuró Dario mientras ella volvía rápidamente al cuarto de baño.

Capítulo 14

EFECTIVAMENTE, está usted embarazada, *signora* –le dijo el doctor Mascati con una sonrisa. Dario se tensó al lado de Megan. Su expresión era tan inescrutable como lo había sido a lo largo del trayecto en helicóptero.

–¿Está usted seguro? –le preguntó él con voz seca. No parecía enfadado, pero tampoco contento.

Megan lo comprendía. Era una noticia verdaderamente inesperada. A pesar de que ya estaban prometidos, no habían hablado aún de boda, por lo que un embarazo iba a someterlos a ambos a una dura presión.

Sin embargo, después de las últimas dos semanas juntos, desde que ella se despertó en el hospital, ella había logrado comprender perfectamente por qué había accedido a casarse con él tan solo tras una noche. Tal vez era una locura, pero cuanto más descubría sobre él, más segura estaba de que podría amarlo.

–La prueba no deja lugar a dudas –replicó el médico–. No hay duda. Podemos hacer una ecografía dentro de un par de semanas para que puedan ver al bebé con sus propios ojos.

–Está bien –murmuró ella. A pesar de la sorpresa, se sentía muy contenta.

Se colocó una mano en el vientre y se imaginó la pequeña vida que crecía en su interior. A pesar de que no había estado preparada para algo así, aquel embarazo le parecía una noticia maravillosa. Estaba convencida de que serían capaces de salir adelante y enfrentarse a todos los problemas y desafíos que se les presentaran. Tal vez solo llevaran juntos un par de semanas, pero Dario, tan protector, tan cariñoso, tan seguro de sí mismo, sería un padre maravilloso. Ella... bueno, ella haría todo lo posible para ser la madre que aquella pequeña vida se merecía.

Dario empezó a hablar al médico rápidamente en italiano mientras ella se acariciaba suavemente el vientre tratando de contener una sonrisa. Evidentemente, Dario no estaba tan contento. Sin embargo, ella estaba segura de que cuando estuvieran a solas podrían hablar de todo lo que le preocupaba. Aquel embarazo no tenía por qué ser nada malo.

–Megan, ahora tenemos que marcharnos –le dijo él sacándola de su ensoñación.

–Ah, sí. Gracias, doctor Mascati.

Dario le rodeó la cintura con el brazo cuando salieron de la consulta del médico. Regresaron a la azotea del hospital y se dirigieron hacia el helicóptero. Él no decía nada. Su rostro era una máscara inescrutable.

Megan realizó el trayecto de vuelta mirando por la ventanilla. El ruido del rotor del helicóptero hacía que fuera imposible hablar y ella lo agradeció. Quería pensar. Dario necesitaría apoyo. Comprensión. Sin embargo, ella estaba segura de que terminaría haciéndose a la idea con el tiempo. Si había estado lo suficientemente seguro de sus sentimientos como para pedirle matrimonio después de solo una noche, seguramente aceptaría aquella nueva responsabilidad cuando supiera lo contenta que ella se sentía.

Llegaron a casa cuando por fin el sol se estaba poniendo. Dario la condujo hacia sus habitaciones en silencio. Sofia llegó para servirles la cena en la terraza. El ama de llaves sonrió a Megan. ¿Se había enterado ya?

–Come, Megan. Debes de tener hambre.

Se volvió para mirar a Dario y vio que él la estaba observando. Trató de controlar su excitación. Además, había muchas cosas de las que hablar.

–Sí, por supuesto. Esto tiene un aspecto delicioso –comentó mientras tomaba los cubiertos para probar el plato de pasta con berenjenas y tomates que Sofia les había preparado–. ¿Quieres hablar del bebé?

–Aún no es un bebé. Es tan solo una colección de células.

Aquellas palabras desinflaron la excitación que ella había estado sintiendo.

–Sé que solo estoy embarazada de unas pocas semanas, pero...

–Pero ¿qué?

–Bueno, a mí sí me parece que es un bebé...

¿Qué haría ella si Dario deseaba que abortara? Ni siquiera había considerado esa opción. De hecho, no estaba segura de poder hacerlo, aunque eso fuera lo que él deseara. Había sido una tonta al esperar que él se alegrara de aquella noticia tanto como ella.

–¿Es que no quieres este bebé?

Dario apartó la mirada y la centró en el mar. Durante unos instantes pareció perdido en sus pensamientos. Cuando se volvió de nuevo a mirarla, su mirada era totalmente inexpresiva.

–No es mi decisión, sino la tuya.

Megan se cubrió el vientre con la mano y sintió que se le llenaban los ojos de lágrimas. Parpadeó con furia para no dejarlas caer. Todo resultaba completamente abrumador. No solo la noticia sobre el bebé, sino también lo que sentía por Dario. Si elegía tener al bebé, ¿los separaría eso para siempre? Y, si elegía no tenerlo, ¿cómo se sentiría ella?

Dario tenía razón. La decisión era suya y ya la había tomado. Tenía que defender a ese bebé y esperar que aquel embarazo no destruyera lo que estaba empezando a construir con Dario.

Se secó una lágrima de la mejilla y se obligó a sonreír.

–Sí, quiero tener un hijo tuyo, Dario. Mucho.

Dario se tensó. Por una vez, sus sentimientos quedaban totalmente reflejados en su rostro.

–Entiendo.

–Dario, te ruego que me digas lo que sientes...

Él negó con la cabeza y extendió una mano para secarle la lágrima.

–Estás cansada, *piccola*. Ya hablaremos de esto mañana.

Megan debería decir algo, lo que fuera. Tenían que hablar de aquel tema en aquellos momentos, antes de que él tuviera la oportunidad de levantar sus defensas. Mientras la llevaba al dormitorio, se aferró a él con fuerza. Se dijo desesperadamente que harían el amor y que todo cambiaría para mejor. Todo siempre iba mejor cuando hacían el amor...

Dario la desnudó, pero no la estrechó entre sus brazos tal y como ella había pensado. Le llevó una de sus camisetas y la ayudó a ponérsela.

–¿Por qué necesito esto?

–Porque el resto de tus camisones me tientan demasiado –contestó él–. Tienes que dormir, *cara*.

–¿No te vas a acostar tú también?

–Todavía no. Tengo trabajo que hacer. Vendré más tarde –dijo dándole un beso en la frente–. Duérmete. Ha sido un día agotador.

Megan quería oponerse, pero, efectivamente, estaba muy cansada. Se acurrucó entre las sábanas, que la reconfortaron con su aroma a Dario. Todo iba bien. Seguía en su cama. Él regresaría pronto y harían el amor. Todas sus diferencias desaparecerían.

–No tardes mucho –murmuró mientras cerraba los ojos.

Pero Dario ya se había marchado.

Capítulo 15

¿QUE ESTÁ embarazada? Por el gesto que veo en tu rostro, supongo que no es una buena noticia –dijo Jared. Su voz sonaba entrecortada, como solía ocurrir con las videollamadas.

Dario se frotó la frente y trató de borrarse del pensamiento la imagen de Megan vomitando aquella mañana. Y la lágrima que se le había deslizado por la mejilla cuando ella le había confesado que quería tener ese bebé.

Estaba destrozado. El esfuerzo de tratar de contener sus sentimientos todo el día había sido demasiado para él. Había llamado a su amigo para que le aconsejara, aunque ya de entrada sabía que no había consejo que pudiera arreglar aquello.

–No, no lo es. Ocurrió en nuestra primera noche. Habíamos acordado que ella tomaría la pastilla del día después, pero ahora no recuerda esa conversación.

La sorpresa de aquella mañana le había dejado destrozado. No podía convertirse en padre y Megan no quería ser madre, algo que sabría cuando recuperara la memoria. Sin embargo, como eso aún no había ocurrido, el camino que les esperaba estaba lleno de complicaciones y sufrimiento. Y la última semana solo había conseguido complicar aún más la situación. Todo era culpa suya.

Nunca debería haber cedido al deseo que sentía por ella y haberla devuelto a su cama, como tampoco debería haber permitido que ella lo acompañara durante el día. El tiempo que pasaban juntos, en vez de reforzar las razones por las que nunca podrían ser pareja, había hecho exactamente lo opuesto.

Dario estaba completamente encantado con ella, no solo por su entusiasmo en la cama, sino por el modo en el que se comportaba fuera de ella.

Adoraba su conversación y le gustaba tenerla a su lado. Convertía los detalles más tediosos de su vida laboral en una aventura. Cuando se despertó aquella mañana, se había sentido muy emocionado ante la perspectiva de llevarla a nadar en la laguna. En el espacio de una semana, Megan había conseguido convertirlo en alguien a quien ni siquiera reconocía. Alguien divertido, optimista... En resumen, un estúpido enamorado.

Lo peor de todo era que, en el transcurso de esa semana, la falsa relación había empezado a sentirse real. Le torturaba el pensamiento de que ella pudiera entregarse a otro hombre. Se había olvidado de cuidar de sus sentimientos y de los de ella.

Sin embargo, la noticia de aquella mañana había hecho pedazos aquel espejismo. Su relación no era real. Él jamás podría amar a Megan, por mucho que disfrutara de su compañía o por fuerte que fuera su relación física. En realidad, Megan no lo amaba porque todo lo que sentía por él se basaba en una mentira. Sin embargo, incluso sabiendo eso, cuando ella lo miró con aquellos maravillosos ojos verdes y le dijo que quería tener un hijo suyo, durante un aterrador instante, Dario había querido que fuera cierto.

Era una catástrofe y él no sabía cómo sacarlos a ambos de aquel embrollo.

—Entonces, ¿sigue sin recordar que los dos nunca estuvisteis comprometidos de verdad?

Dario afirmó con la cabeza.

—Tal vez sea hora de decirle la verdad y ver qué ocurre.

Por supuesto, Jared tenía razón. Debería haberle dicho la verdad aquella misma noche, cuando tuvo la oportunidad de hacerlo. O hacía una semana, antes de volver a meterla en su cama. No lo había hecho.

—¿Y si lo hago y eso solo la confunde aún más?

Una pequeña parte de él casi deseaba que ella nunca recuperara la memoria. Eso demostraba perfectamente hasta qué punto había perdido la noción de la realidad.

—A mí no me parece que tengas mucha elección. O eso o ella tiene al bebé y tú finges amarla el resto de tu vida.

—No. Eso tampoco es una opción...

—Entonces lo siento, amigo. No puedo serte de más ayuda, tío. Buena suerte.

Los dos amigos cortaron la comunicación. Dario apagó su ordenador y se dirigió al dormitorio.

Megan estaba tumbada en la cama. Había apartado la sábana. Su cuerpo parecía muy pequeño e indefenso mientras se movía agitadamente en sueños. Dario debería dormir en cualquier otra parte. Se lo estaba pensando cuando ella lanzó un pequeño gemido que lo empujó a quitarse rápidamente la ropa y a estrecharla entre sus brazos. La respiración de Megan se hizo más profunda cuando él comenzó a acariciarle suavemente el cabello. La excitación que siempre lo acompañaba a su lado se convirtió en un dolor sordo.

—Shh, *piccola* —murmuró mientras trataba de encontrar su propia paz y el modo de salir de aquel lío sin hacerle daño a la hermosa, dulce e inteligente mujer que él había conocido.

«¡Estúpida zorra! ¡Eres peor que tu madre!».

En sueños, la oscuridad se acercó a ella precisamente cuando no podía defenderse. Vio el rostro de su padre distorsionado por de la rabia mientras le gritaba.

Comenzó a sentir dolor en los hombros, en la espalda,

destrozándole el corazón y destruyendo todo lo que había conocido sobre sí misma y su lugar en el mundo.

«¡Tú no eres mi hija! Tú y tu hermana erais hijas de sus amantes!».

En sueños, sollozaba y le suplicaba a su padre que no le hiciera más daño. Sin embargo, ese hombre ya no era su padre. La odiaba.

Cuando el dolor se hizo insoportable, la voz de Dario la llamó desde fuera de la pesadilla,

–Shh, Megan. No pasa nada. Yo estoy aquí. Estás a salvo.

Ella se despertó sobresaltada en la penumbra de la habitación. Dario la tenía entre sus brazos y todos los objetos que la rodeaban le resultaban familiares. Durante un instante, sí que se sintió feliz. Segura. Amada y feliz.

Sin embargo, la oscuridad se desplegó y el sueño regresó, aunque en aquella ocasión, no se trataba de un sueño, sino de la terrible realidad. El vals que los dos bailaron juntos. Los gemidos de placer mientras Dario la acariciaba hasta alcanzar el orgasmo. La seriedad del rostro de él mientras hablaban de la píldora del día después. La humillación que experimentó cuando recibió el mensaje de su padre.

Sintió náuseas y un sudor frío le recorrió todo el cuerpo. Se encontró frente a frente con el horror.

–*Cara*, ¿te encuentras bien? –le preguntó él con voz suave.

Megan por fin sabía la verdad. Su preocupación y sus cuidados no eran amor, sino pena.

Podía sentir el dolor del cinturón de su padre y ver la preocupación sin pasión claramente en el rostro de Dario mientras él se arrodillaba junto a su magullado cuerpo.

–Suéltame –le espetó ella. Apartó la sábana y se levantó de la cama.

—¿Qué es lo que pasa? —preguntó él levantándose también.

Megan hizo todo lo posible por alejarse de él. Se lo impidió la pared del dormitorio.

—Me mentiste. ¿Por qué lo hiciste? ¡Nunca hemos estado prometidos!

Durante un instante él pareció sorprendido, pero entonces el gesto cambió.

—¿Has recuperado la memoria? —quiso saber él con voz paciente.

Megan sintió arcadas. Fue corriendo al cuarto de baño y vomitó lo poco que había cenado la noche anterior. Mientras seguía vomitando, oyó que él entraba en el cuarto de baño. Encendió una tenue luz y le colocó las manos sobre los hombros.

—No me toques —le espetó ella.

Dario estaba vestido simplemente con unos pantalones de pijama. Su magnífico cuerpo parecía una burla para ella. ¿Cómo había podido ser tan ridícula y pensar, ni siquiera por un momento, que un hombre como él podría amarla?

Él no había sido más que una gloriosa aventura de una noche. No hubiera debido ser más que eso, pero, como ella perdió la memoria, Dario había tejido una impresionante mentira. ¿Por qué?

—Estás muy nerviosa. Regresa a la cama para que podamos hablar.

Megan negó con la cabeza.

—¿Cómo pudiste fingir que estábamos prometidos? ¿Que estábamos enamorados? Y durante tanto tiempo... ¿Por qué lo hiciste?

Todo había sido una mentira. ¿Cómo podría Dario justificarse? Y ella... ella se había enamorado de una ilusión. Nada de lo ocurrido había sido real. Se tocó suavemente el vientre. Nada menos el bebé que esperaba. Un bebé que él no deseaba y, por fin, Megan comprendía por qué.

–Estás muy nerviosa. Tienes que calmarte...

–No me trates como si fuera una niña. Dime la verdad. ¿Por qué me dijiste que estábamos prometidos? ¿Por qué me hiciste creer que me amabas?

–Nunca fingí amarte –dijo él matando toda esperanza que ella pudiera albergar–. Quería que te pusieras bien. Por eso te traje aquí, lejos de la prensa, del juicio y de todo para que pudieras recuperarte. Lo hice por tu bien.

–Te acostaste conmigo sabiendo que yo no conocía la verdadera naturaleza de nuestra relación, ¿cómo podía ser eso por mi bien?

–Te ofreciste a mí –contestó Darío–. Yo debería haberme resistido, pero todo lo que hicimos juntos lo disfrutamos los dos.

Parecía razonable y, por supuesto, él tenía razón. Megan le había suplicado que le hiciera el amor, aunque nunca había sido amor, al menos para él.

–¿Sentiste algo por mí alguna vez?

–Por supuesto que sí.

–¿Y por el bebé? Tal vez deberías decirme lo que sientes realmente por el bebé –dijo ella, aunque en realidad ya conocía la amarga verdad.

Darío suspiró. Ver tanto sufrimiento en los ojos de Megan le entristecía profundamente.

–Megan, es complicado... Tienes que comprenderlo... ¿Lo recuerdas ya todo?

Darío dio un paso hacia ella, pero Megan le impidió seguir.

–Por favor, te ruego que no te acerques más...

Si él la tocaba, no podría mantenerse fuerte. La química que había entre ellos la había trastornado por completo y le había hecho enamorarse de un fantasma.

–Mi padre me agredió porque me odiaba –consiguió

decir ella por fin–. Fingió querernos durante muchos años por el dinero que había en nuestros fideicomisos, pero lo que tú has hecho es mucho peor.

Dario se revolvió el cabello y lanzó una maldición.

–Comprendo que estés enojada y disgustada, pero creo que es mejor que hablemos de esto por la mañana. Ahora es de noche. Regresa a la cama. Yo podré hacer que te sientas mejor.

–¿Crees que el sexo hará que me sienta mejor?

–Creo que no te vendrá mal...

El gesto que hizo él con los labios le rompió el corazón en mil pedazos. Él la había manipulado con el sexo y ella había gozado con su propia destrucción. ¿Cómo podía alguien tener una visión tan negativa del amor y de las relaciones que pensaba que el sexo era la única relación que merecía la pena tener?

Dario trató de acercarse a ella, pero Megan levantó la mano para impedírselo.

–No. No quiero acostarme contigo, Dario –afirmó ella. Se negaba a ceder al anhelo que seguramente no tardaría en sentir. Tenía que proteger lo poco que le quedaba de corazón con la esperanza de que, algún día, ella pudiera olvidar y volver a sentir–. Tengo que pensar. Quiero regresar a mi dormitorio.

Le pareció que él se entristecía ante aquella perspectiva, pero seguramente había sido una ilusión, como todo lo demás. Megan nunca había sido capaz de descifrarlo ni a él ni a sus sentimientos.

Echó a andar y dio gracias en silencio de que él no hiciera ademán alguno por impedírselo. El cuerpo de Megan comenzó a temblar al mirar la cama con las sábanas revueltas, testimonio de su ingenuidad y de su locura.

Se había pasado toda la vida tratando de agradar a su padre, a un hombre que nunca la había querido. Si su memoria no hubiera regresado nunca, tal vez habría hecho lo mismo con él.

—Volveremos a hablar de esto por la mañana para encontrar una solución —le dijo Dario a sus espaldas.

Megan se volvió para mirarlo. Los dedos rosados del alba habían comenzado a iluminar el cielo, ensombreciendo su hermoso rostro. Ella sintió que se le hacía un nudo en el pecho. Durante un instante, Dario le pareció el hombre más solitario de la Tierra.

—Nunca tuve intención de hacerte daño.

Tal vez no, pero se lo había hecho de todos modos.

Megan se marchó derramando las lágrimas que se había jurado que no derramaría. Se las secó con el puño.

Cuando regresó a su dormitorio, comenzó a vestirse. Después, llamó a Katie por teléfono y salió de puntillas de la casa para dirigirse al lugar en el que los pescadores estarían preparándose para iniciar el día.

Ya en la cubierta de un pequeño barco pesquero, sintió que el olor a pescado y a mar le revolvía el estómago. Le entraron arcadas, pero ya no tenía nada que echar. Al levantar la cabeza, vio la casa en lo alto de la colina y se imaginó a Dario en su interior. Todas las esperanzas y sueños nunca habían sido reales. Dejarlos atrás sería muy duro, pero no le quedaba elección.

A pesar de que ella se había enamorado desesperadamente de una fantasía, Dario había conseguido aislarse de todos los sentimientos que pudieran hacerle vulnerable.

Ella tendría que hacer lo mismo.

Dario se despertó. Los golpes que se oían en la puerta de su dormitorio lo desorientaron durante un instante. Se sentó en la cama y se extrañó de encontrar frío el otro lado de la cama. Entonces, recordó la discusión con Megan. Lanzó una maldición. Un gélido vacío comenzó a adueñarse de él.

En ese momento, se dio cuenta de que el ama de llaves estaba gritando desde el otro lado de la puerta.

–*Signor! Signor! La signorina e andato, ha lasciato con i pescatori.*

¿Que Megan se había marchado con los pescadores? ¿Qué diablos...?

Se levantó de un salto de la cama y se puso rápidamente una bata antes de ir a la puerta. Se encontró con Sofia al otro lado. Ella le explicó en frenético italiano lo que le había contado el joven que había ido a llevarle el pescado aquella mañana.

El miedo se apoderó de él. ¿Megan se había marchado cuando aún se estaba recuperando del trauma emocional de haber recuperado la memoria, cuando estaba embarazada? ¿Estaba loca?

Echó a correr por los pasillos hasta que llegó a las habitaciones de ella. Encontró la cama vacía y sin deshacer. Sobre la mesilla había una nota.

La tomó y la abrió.

Adiós, Dario.
Me someteré a un aborto.
No vuelvas a ponerte en contacto conmigo.

No, no, no.

La nota se le cayó de los dedos. Debería sentirse aliviado, agradecido de que ella hubiera recuperado el sentido común, de que fuera a hacer lo sensato, pero no era así. Se desmoronó sobre la cama.

El nudo de pena y rabia que se le hizo en el estómago lo retrotrajo a otro tiempo. Se obligó a no recordar. Levantó la cabeza para mirar el nuevo día y ver cómo la luz del alba comenzaba a iluminar el mar y se preguntó si él volvería a sentir calor alguna vez.

Capítulo 16

Dos meses después

Megan estaba sentada en un coche, observando cómo los fotógrafos y periodistas bajaban rápidamente por las escaleras del tribunal de Manhattan para dirigirse hacia ellas. Katie le agarró la mano.

—¿Estás segura de que quieres hacer esto, hermana? —le preguntó. Su voz vibraba con fuerza y madurez.

Megan se la estrechó con fuerza.

—Las dos tenemos que hacerlo para asegurarnos de que Lloyd Whittaker permanece entre rejas el mayor tiempo posible.

El clamor en el exterior del coche era ensordecedor. Dos guardias de seguridad se detuvieron junto al coche y uno de ellos abrió la puerta.

—Tenemos que llevarla sana y salva al interior del tribunal, señorita Whittaker. ¿Están listas las dos?

La potente luz de los flashes cegó a Megan al salir del coche. Los guardias de seguridad las llevaron a ambas rápidamente al interior del tribunal mientras los periodistas no paraban de lanzarles preguntas.

—¿Ha venido para testificar contra su padre, señorita Whittaker?

—Megan, háblenos de su relación con Dario de Rossi. ¿Siguen juntos?

Megan se mantuvo firme al escuchar el nombre de Dario. Sin embargo, cuando entraron, vio a su amigo

Jared Caine junto a los guardias de seguridad y sintió que se le aceleraba el corazón.

–Vaya, si es el señor Sabelotodo –dijo Katie con sarcasmo mientras Jared se dirigía a ellas. Su animosidad hacia él no sorprendió a Megan.

–Hola, Megan. Katherine... –las saludó él. Si había oído cómo lo había llamado Katie, no lo demostró.

–¿Qué haces tú aquí? –le preguntó Megan.

–Dario está testificando en estos momentos.

Aquella era la noticia que más había temido desde que se marchó de Isadora. A pesar de todo, se mantuvo impasible. No quería que el amigo de Dario notara la tormenta de emociones que estaba sintiendo. Había sabido que algo así ocurriría. Solo tenía que enfrentarse a ello.

No importaba que ella no estuviera preparada para volverlo a ver. Dario había hecho lo que ella le había pedido. No se había puesto en contacto con ella desde que Megan se marchó de Isadora. No importaba que ella no hubiera podido dejar de pensar en él. Tendría que superar aquella debilidad. Y terminaría consiguiéndolo. Parecía que había llegado el día en el que tendría que enfrentarse a él.

Tenía que aceptar todo lo que había pasado entre ellos, la relación que habían tenido y la verdad sobre su padre, aunque en realidad no lo era. Así, se haría una mujer más fuerte.

Uno de los guardias de seguridad que las había ayudado a salir del coche apareció junto a Jared.

Jared le indicó que permaneciera por la zona, dado que la señorita Whittaker y su hermana necesitarían de nuevo escolta al salir del edificio.

–¿Ha organizado Dario nuestra seguridad? –le preguntó Megan. Jared asintió–. En ese caso, te ruego que le digas que no necesitamos su ayuda

–Deberías decírselo tú misma. No se muestra exactamente racional en lo que se refiere a ti.

¿Qué significaba eso?

Antes de que pudiera preguntar. El ayudante del fiscal se acercó rápidamente a ellos.

–Señorita Whittaker. Usted es la siguiente. Tiene que entrar a sala.

El ayudante las acompañó en los controles de seguridad. Jared se quedó atrás.

Al entrar en la sala, su mirada inmediatamente conectó con la de Dario, que estaba en el estrado. Las rodillas se le doblaron un instante. Desde allí, tenía un aspecto tan indomable como siempre. El traje de diseño, el rostro bien afeitado y el cabello bien recortado lo situaban a años luz del hombre que había visto en Isadora.

Se llevó la mano al vientre, pero la retiró enseguida cuando el ayudante del fiscal la dirigió a la parte delantera de la sala y la hizo sentarse detrás de la mesa del fiscal. Una vez allí, rompió el contacto visual. La presión del pecho le resultaba insoportable. Tenía que deshacerse de aquella frágil parte de su corazón que aún seguía creyendo estar enamorada de él o que pensaba que Dario hubiera terminado amándola.

Se colocó la mano sobre el vientre. Tenía que proteger a su bebé, que seguía creciendo en su vientre. El bebé sobre el que jamás le hablaría a Dario.

¿Cómo era posible que mirarla siguiera doliéndole tanto?

Incapaz de apartar la mirada de la de Megan, Dario no pudo seguir contestando a las preguntas del abogado de la defensa. Sin embargo, cuando ella apartó la mirada, volvió a experimentar de nuevo la sensación de pérdida que había vivido cuando Megan se marchó de Isadora.

Estaba muy pálida. Iba vestida con un traje de chaqueta y falda. ¿Había perdido peso? Se había recogido muy severamente su indómita melena.

Agarró con fuerza el estrado y se obligó a centrarse de nuevo en las preguntas. Tenía que concentrarse.

El abogado trataba de convencer al jurado de que Dario había sido el agresor de Megan y no el padre de ella.

Antes de hacerle la siguiente pregunta, el abogado sonrió levemente. Sus palabras chocaron con la compostura de Dario como si hubieran sido golpes físicos.

–¿Mantiene usted entonces que jamás ha golpeado a una mujer, señor De Rossi? ¿Que no forma parte de su naturaleza hacerlo? Sin embargo, ¿no es cierto que proviene usted de una familia con un amplio historial de violencia contra las mujeres? ¿Que su padre era un hombre extremadamente violento, que golpeó a su madre en numerosas ocasiones? ¿Que usted, de hecho, fue testigo de cómo su padre mató a su madre a golpes a una edad en la que los niños son muy impresionables?

Megan se quedó atónita ante aquella batería de preguntas. El gesto anonadado de Dario le rompió el corazón.

Rogó para que no fuera cierto, para que no hubiera tenido que sufrir algo así. Sin embargo, al ver el dolor del rostro de Dario, en vez de su habitual impasibilidad, comprendió que era cierto.

De repente, las preguntas sin respuesta que llevaban persiguiéndola desde aquella noche y que le impedían seguir adelante con su vida, volvieron a presentarse ante ella.

¿Por qué había estado tan decidido a protegerla?

¿Cómo era posible que le hubiera hecho el amor con tanta pasión y dedicación si no sentía nada?

Dario era incapaz de contestar mientras que el fiscal trataba por todos los medios de impedir que él tuviera que contestar.

—El señor De Rossi debe responder a las preguntas. El fiscal valorará la relevancia de esta información a su debido tiempo.

La sala quedó en silencio.

—Yo no le consideraba mi padre —dijo Dario por fin, con voz ronca—. Ese hombre era un monstruo.

—Por supuesto —replicó el abogado de la defensa—, pero, sin embargo, parece que usted se parece mucho a él. ¿No es verdad que usted sedujo a la hija de Lloyd Whittaker para asegurarse una absorción? ¿Que la atacó cuando ella trató de regresar con su padre? ¿Que se la llevó a su isla privada del Mediterráneo mientras ella sufría de amnesia? Y que luego la descartó cuando ella ya dejó de serle útil.

Dario miró a Megan un instante antes de contestar.

—Yo no la descarté —dijo. La resignación de su voz destruyó por completo a Megan—. Ella me dejó a mí.

Aquellas palabras atravesaron el corazón de ella. De repente, perdió la lucha que había estado teniendo con sus sentimientos hacia Dario.

¿Por qué había salido huyendo? ¿Por qué no le había dado una oportunidad? Lo que había tenido en Isadora con Dario podría haber sido una mentira. Sin embargo, ¿por qué no se había quedado para convertirlo en algo real? ¿Acaso lo que había considerado fortaleza no había sido más bien cobardía?

—Tal vez deberíamos preguntarnos entonces, señor De Rossi, por qué salió huyendo de usted —prosiguió el abogado–. Y por qué prefirió no informarle de que está embarazada de usted. ¿Acaso le aterra lo que usted podría hacerle?

Megan ya no pudo aguantarlo más. Se cubrió el vientre con las manos y se puso de pie. Dario solo había intentado protegerla, seguramente del mismo modo que habría tratado de proteger a su madre. Todas las mentiras que le había dicho habían sido para proteger su delicado estado mental de sus temores, hasta que ella estuviera preparada para afrontarlos. Sin embargo, la mentira que ella le había dicho había sido para protegerse a sí misma. Había tenido demasiado miedo de admitir que lo amaba. Y, en aquellos momentos, le estaban crucificando por ello.

–Le ruego que pare –le gritó Megan–. No es cierto. Dario nunca me haría daño.

Los rumores explotaron a su alrededor. El mazo del juez trató de imponer silencio.

–Meg, ¿te encuentras bien? –le preguntó Katie.

Megan estaba bien. No dejaba de mirar a Dario, que se había puesto de pie en el estrado. Oyó que el juez llamaba al orden y que el fiscal pedía un receso, pero ya no pudo seguir escuchando más. Las rodillas no pudieron seguir sosteniéndola y la oscuridad la envolvió.

–Estoy aquí, *cara*. Ya estás a salvo...

La voz de Dario la animaba a salir de la oscuridad, igual que ya había hecho antes. Su aroma la rodeaba agradablemente. El ruido aún la rodeaba, pero volvía a estar entre sus brazos mientras él se abría paso entre la multitud que los envolvía, las preguntas de los periodistas y los flashes de los fotógrafos.

Un portazo cortó el ruido de repente.

Estaban a solas en un pequeño despacho.

–¿Crees que podrás ponerte de pie? –le preguntó él.

–Sí, creo que sí.

Dario la dejó en el suelo, pero siguió sosteniéndola de la cintura hasta que estuvo convencido de que ella podía mantenerse en pie sin ayuda.

–¿Es cierto que el bebé...? ¿Sigue vivo?

–Sí... Creen que es una niña...

–*Una bambina*... –susurró él maravillado–. *Bellissima*...

–Siento haberte mentido en mi nota. Fue una cobardía imperdonable por mi parte...

–Shh, *cara*. Tú no eres cobarde. Lo soy yo.

–Tal vez lo hemos sido los dos.

–Creo que sí... –admitió él con una triste sonrisa.

Megan parpadeó y sintió que las lágrimas le caían por las mejillas.

–¿Es cierto, Dario, lo que ese hombre dijo que le ocurrió a tu madre?

Dario miró a la mujer que tenía frente a sus ojos, tan hermosa, tan valiente. Aquella pregunta apagó la alegría que había sentido al saber que su hija seguía viva.

Deseó que ella no hubiera tenido que escuchar lo de su madre y que jamás tuviera que saber la verdad sobre su pasado, pero ya no podía seguir diciéndole más mentiras.

Dio un paso atrás y la soltó.

–Sí, es cierto. Ella murió y fue culpa mía.

–¿Cómo va a ser culpa tuya?

–Yo provoqué a mi padre.

–No te creo... Y aunque hubiera sido así, eso no haría que lo que ese hombre hizo fuera culpa tuya.

–No lo comprendes... Era un hombre poderoso. Un hombre rico, que tenía otra familia. Decía que yo era su bastardo gitano y mi madre su puta. Disfrutaba haciéndole daño. Aquella noche, cuando me desperté, lo vi encima de ella y comprendí lo aterrorizada que ella estaba.

–Dario... Ningún niño tendría que soportar algo así...

Él negó con la cabeza. Se metió las manos en los bolsillos. La culpabilidad no desaparecería nunca.

–Le grité que la dejara, que no volviera a tocar a mi madre. Yo tenía ocho años y no era más que un muchacho orgulloso y furioso, aunque yo creía ser lo suficientemente hombre como para protegerla. Se puso furioso. Perdió el control. Comenzó a pegarme con el cinturón con el que ya me había pegado antes. Sin embargo, en aquella ocasión, sé que no habría parado. Mi madre me salvó. Se enfrentó a él hasta el último aliento de su cuerpo. Murió protegiéndome.

–Basta ya... –le dijo ella. Le agarró los brazos y trató de devolverle al presente, lejos de aquellos recuerdos tan dolorosos–. No te atrevas a culparte. Solo eras un niño cuando tu madre murió. ¿Me comprendes? Y ella murió protegiéndote porque te quería.

Dario trató de absorber lo que ella le estaba diciendo, pero no podía. Sabía que la muerte de su madre no era la única carga que llevaba encima. La historia se había repetido con Megan, tal y como el abogado había sugerido.

Le enmarcó el rostro con las manos y la miró a los ojos. Se obligó a admitir la verdad que tanto tiempo llevaba tratando de negar.

–¿Es que no lo ves, Megan? Te hice lo mismo a ti. Aquella noche te mentí para que te metieras en mi cama. Te mentí sobre las intenciones que tenía sobre la empresa de tu padre. Solo pensaba en mí y tú pagaste el precio. Mis actos provocaron a Whittaker, del mismo modo que pasó con mi padre.

–Te ruego que dejes de decir esas cosas, Dario. No es cierto –dijo ella agarrándole por la cintura–. No debes culparte por lo que me hizo mi padre...

Dario le colocó las manos sobre los hombros. Quería creerla. Anhelaba tomarla entre sus brazos, pero le aterraban los sentimientos que amenazaban con salir a la superficie. Unos sentimientos que se había pasado dos meses tratando de comprender.

Ella sonrió. La tierna expresión de su rostro le hizo sentirse como si su cuerpo estuviera suspendido de un precipicio.

—Te amo tanto, Dario...

Él volvió a enmarcarle el rostro y apretó la frente contra la de ella. ¿Cómo podía merecerse a alguien como Megan o al bebé que esperaba, después de lo que había hecho?

—No puedes amarme —susurró—. No me lo merezco.

Megan le rodeó el cuello con los brazos y lo besó, llorando desesperadamente. Tenía que conseguir que él la creyera, hacerle ver que sí se merecía su amor.

Por fin, Dario se abrió para ella y poseyó sus labios con un profundo y apasionado beso. Ella sintió la emoción que lo desgarraba por dentro.

Ella lo amaba y sospechaba que Dario la amaba también. Sin embargo, había tenido demasiado miedo de reconocerlo por lo que le ocurrió a su madre. Megan lo comprendía por fin. Tenía que demostrarle que él ya no tenía que seguir teniendo miedo del amor.

Se retiró y le miró fijamente a los ojos.

—¿Me amas tú también, Dario? ¿Quieres este bebé?

Él suspiró.

—Sí y sí, pero no podría soportar volver a hacerte daño.

Le colocó la mano sobre el vientre y ella sintió que el corazón se le llenaba de felicidad. Entonces, colocó su palma sobre la de él. Sabía que iba a costarle. Llevaría tiempo y mucho esfuerzo ayudarle a superar el pasado, pero sabiendo que la amaba y de dónde provenía su angustia, podrían empezar algo magnífico. Algo sobre lo que construir un futuro para su bebé.

–Dario, sé que tienes miedo y ahora sé por qué... Yo también tengo miedo.Todo el mundo lo tiene cuando se enamora, porque el amor da miedo. Sin embargo, también es un sentimiento de gozo. Para disfrutarlo, tendrás que superar tu miedo. ¿Crees que podrás hacerlo por mí?

–¿Y si cometo un error? ¿Y si no puedo ser un buen padre ni un buen esposo? ¿Y si el amor que siento por ti y por el bebé no es suficiente?

–No hay garantías, porque la vida es así –afirmó ella. Le agarró las manos y sintió que el amor que fluía entre ellos era tan fuerte que le pareció que el corazón iba a estallarle–. Y créeme si te digo que los dos cometeremos errores, montones de ellos, pero no importará mientras los cometamos juntos.

Dario le miró el vientre.

–Ni siquiera sé cómo ser padre. El mío era un monstruo.

–Y mi madre era una mujer que se preocupaba más por su propio placer que por sus hijas –replicó ella–. Míralo así. Por muy mal que se nos dé, ya somos mucho mejor que ellos.

–Eso es cierto...

–Entonces, ¿qué me dices, señor De Rossi? ¿Estás dispuesto a iniciar esta aventura conmigo?

–¿Y tú? ¿Estás dispuesta?

–Por supuesto.

Dario asintió. La pasión que se le reflejó en la mirada cuando tomó a Megan entre sus brazos la dejó sin aliento.

–En ese caso, creo que no me queda elección –murmuró él–. Si tú eres tan valiente, no puedo seguir siendo un cobarde.

Megan quiso echarse a reír y gritar. La alegría que la embargaba era más de lo que podía soportar. Dario le enmarcó el rostro entre las manos y la miró lleno de amor.

–Creo que ahora debemos hacer que nuestro compromiso sea real –dijo–. ¿Quieres casarte conmigo, *piccola*?

–Por supuesto.

Dario se inclinó sobre ella para besarla. Lo hizo con pasión, despertando de nuevo el deseo entre ellos. Desgraciadamente, la voz de Jared les sacó de su ensoñación.

–Lo siento, chicos –dijo el guardaespaldas mientras llamaba suavemente a la puerta–. El receso ha terminado. El juez está nervioso.

–Un momento, Jared –le pidió Dario a su amigo–. ¿Te sientes lo suficientemente fuerte como para testificar después de mí? Si no lo estás, haré que esperen hasta mañana.

–No. Puedo hacerlo. Quiero hacerlo –afirmó ella.

Sabía que tenía la fuerza suficiente para hacer lo que fuera necesario y poner al que ella había creído su padre entre rejas. Con Dario a su lado, se sentía con fuerza para todo.

–Por nosotros –añadió.

Dario la abrazó y le dio un beso en la frente, en la nariz y por último en la boca. Sus labios estaban llenos de sinceridad y amor.

–Por nosotros –juró él.

Epílogo

Un año más tarde

–Shh, *bambina*. Ya está aquí papá.

Megan se estiró en la cama y ahuecó las almohadas a su espalda mientras observaba cómo su esposo entraba en el dormitorio con la niña en brazos. La pequeña había empezado a llorar en su habitación, la que un día fue el despacho de Dario, y él había ido a sacarla de la cuna.

Sonrió al ver cómo la niña se tranquilizaba en brazos de su padre, su lugar favorito del mundo, mientras él le frotaba suavemente la espalda con una enorme mano.

La pequeña diva... Con solo seis meses, Isabella Katherine de Rossi tenía a su padre, brillante empresario y temido competidor en el mundo de las finanzas, comiendo de su mano.

–No tiene el pañal mojado –dijo él–. ¿Podría volver a tener hambre? –preguntó mientras la acunaba suavemente y regresaba a la cama.

Megan bostezó.

–No. Le di su toma hace menos de media hora.

Tuvo que contener una sonrisa ante la confusión que él presentaba. A Dario seguía costándole encontrar su papel como padre y esposo y por ello, en ocasiones, se preocupaba demasiado por Issy. Siempre era el primero en tomarla en brazos si lloraba.

–¿Crees que se encuentra mal?

–Creo que simplemente le gusta que la tengas en brazos y sabe que, si llora, tú vas enseguida a tomarla en brazos.

Dario frunció el ceño y se echó a reír antes de tumbarse en la cama junto a Megan. Levantó a su hija en el aire y la miró con pasión. La niña se echó a reír provocando la carcajada de su padre.

—Eres una mala *bambina* —dijo mientras frotaba la nariz contra la de su hija—. No debes asustar a papá de ese modo.

Entonces, se colocó a la pequeña sobre el amplio torso. Con la cabeza debajo de la barbilla de su padre y el puñito en la boca, Issy no tardó en quedarse dormida. Se sentía segura en brazos de su padre.

—Dario —dijo Megan sonriendo—. Tengo que hablarte sobre algo.

Lo había pospuesto ya bastante. Había esperado hasta que estuvieron otra vez en Isadora, donde la vida era más lenta y sencilla. Los últimos seis meses habían sido maravillosos. Jamás se habría imaginado que su amor por Dario y por su hija se haría tan fuerte y maravilloso. Y por eso, por estar tan contenta y satisfecha, no había querido hacer ninguna exigencia.

Dario había dejado de ser el hombre reservado de antes. Había recibido ayuda de un especialista para superar el trauma de la muerte de su madre. Se habían casado en Isadora, con Jared y Katie como testigos, y tan solo unos invitados más.

Desde su boda e incluso más desde el nacimiento de Issy, Dario había recortado mucho sus compromisos. Sin descuidar sus negocios, había decidido dedicarle el mismo tiempo e interés a su familia. El vínculo que había creado con su hija llenaba a Megan de alegría y gratitud.

—Tú dirás —dijo él sin dejar de acariciar la espalda de su hija.

—Me han ofrecido un trabajo.

–¿Un trabajo? ¿Dónde?

–Se trata de una organización benéfica de Brooklyn que administra una serie de refugios para mujeres maltratadas y sus hijos. Necesitan a alguien que instale el sistema informático para poder reducir la cantidad de tiempo y dinero que gastan en papeleo y así pasar más tiempo creando nuevos refugios.

Él no respondió, pero Megan notó la tensión que lo atenazaba cuando se levantó de la cama.

–Darío, ¿adónde vas?

–Debería volver a dejar a Issy en la cuna...

Megan sintió que se le caía el alma a los pies. Su alegría se transformó en decepción. No quería discutir con Darío sobre aquello, pero parecía que iba a tener que hacerlo.

Darío dejó a la pequeña en la cuna. Quería decir no. No quería que Megan aceptara aquel empleo y que trabajara para una organización benéfica de Brooklyn todos los días. Si ella quería trabajar, le encontraría un trabajo en Whittaker, preferiblemente uno que pudiera realizar desde casa. Issy necesitaba a su madre en casa.

Quería envolver a su pequeña familia entre algodones y mantenerla alejada del mundo exterior para que nada ni nadie tuviera el poder de hacerle daño. Quería aislarla del mal con el amor que sentía cada vez que las miraba.

Sin embargo, esa era una actitud cobarde. Había visto el entusiasmo en el rostro de Megan y sabía que, si la amaba, no podía apagar esa alegría por mucho que él sintiera la necesidad de protegerla. Amar a alguien de la manera en que él amaba a Megan y a Issy tenía muchas complicaciones, complicaciones que aún le costaba comprender y asimilar y mucho más resolver.

Dio un beso a Issy en la frente y regresó al dormitorio.

Vio a Megan sentada en la cama, con las rodillas pegadas al pecho.

–Dario, tengo que saber lo que te parece que yo vaya a aceptar ese trabajo.

Él se metió en la cama y la tomó entre sus brazos.

–¿Quieres aceptarlo?

–Sí. He pensado bien en cómo atender a Issy mientras yo esté en el trabajo. Lydia es fabulosa con ella y estará encantada de hacerse cargo. Además, tenemos empleados más que suficientes para que ayuden.

Dario había contratado a Lydia Brady en cuanto se mudaron a la nueva casa que él compró en Nueva York, dado que no le parecía que un ático fuera apropiado para un bebé.

–De todos modos –prosiguió ella–. Le dije que quería tomarme tiempo para quitarle el pecho a Issy adecuadamente.

–Calla, Megan... no tienes que decir más. Si quieres hacerlo, yo no voy a entrometerme.

–¿Estás seguro? Cuando te marchaste con Issy así, pensé...

–Yo jamás podría negarme a algo que es importante para ti. Si lo hiciera, ¿qué harías? –añadió con una pícara sonrisa.

–Bueno... supongo que tendría que convencerte –susurró ella rozándole los labios con los suyos.

Megan comenzó a besarlo. La pasión surgió enseguida con los rápidos movimientos de la lengua.

Dario se echó a reír. Aquel trabajo estaría bien. Tendría que dejarle que tuviera libertad a pesar de sus temores. Y Megan nunca sabría que contrataría a uno de los guardaespaldas del equipo de Jared para que la vigilara mientras estaba en su trabajo en Brooklyn. Si lo descubría, podrían negociar. Su esposa era experta en negociaciones.

La tomó entre sus brazos y se la colocó sobre el regazo. Ella comenzó a menearse, despertando aún más sus deseos.

–Bueno, ¿crees que puedes convencerme? –le preguntó mientras le cubría un seno con la mano por encima del camisón y comenzó a lamerle el pezón a través de la tela. Ella se arqueó, respondiendo con entusiasmo–. Tal vez sea yo el que te convenza a ti...

Megan le agarró la cabeza y lo besó apasionadamente. El beso fue largo y profundo.

–Inténtalo, campeón –replicó. Resultaba evidente que estaba disfrutando mucho con aquel desafío erótico.

No obstante, ella ya sabía que había ganado. La lealtad de Dario, su confianza y su corazón entero.